John Macgregor

Luinneagan Luaineach

Random lyrics

John Macgregor

Luinneagan Luaineach
Random lyrics

ISBN/EAN: 9783744780100

Printed in Europe, USA, Canada, Australia, Japan

Cover: Foto ©Andreas Hilbeck / pixelio.de

More available books at **www.hansebooks.com**

LUINNEAGAN LUAINEACH
(Random Lyrics)

BY

SURGEON LIEUT.-COLONEL
JOHN MACGREGOR, M.D.

INDIAN MEDICAL SERVICE; HONORARY BARD TO THE CLAN MACGREGOR
and Author of "The Girdle of the Globe," "Toil and Travel,"
"Through the Buffer State," &c.

" Bidh chlann bheag ag eisdeachd gach sgeulachd a db-innsear,
Mu thimchioll na suinn a bha caoimhneil us treun,
'S bidh cuimhne gu dluth ac' air cliu ard an sinnsear,
G' a leantuinn gu bàs anns gach cearnaidh fo 'n ghrein ;
'S nuair thoisicheas naimhdean ri bagradh gu dàna,
'S a ghairmear na Gaidheil ri cheil' as gach gleann,
Air-leam nach bidh h-aon dhiubh nach cuimhnich an Aithne :—
Gu brath a bhi dileas do Thir ard nam Beann ! !"

Faic taobh-duilleig 97.

London
DAVID NUTT
270-271 STRAND
1897

[COPYRIGHT]

Dedicated

HEREDITARY PATRON

LIEUT. SIR MALCOLM MACGREGOR OF MACGREGOR,
BART., R.N.

(Chief of the Clan Macgregor)

AND TO THE

PRESIDENT AND MEMBERS

OF THE

CLAN MACGREGOR SOCIETY

BY THEIR HONORARY BARD AND FAITHFUL CLANSMAN

THE AUTHOR

CLAR-INNSIDH

PREFACE

IN submitting the following lyrics to lovers of the ancient Gaelic language, a few words may be necessary in the way of a preface. They were written by me now and then, here and there, during an absence of some twenty years from the Scottish Highlands. Finding myself in India, getting rusty in Gaelic, and convinced that there was no better method of retaining a language in memory than by reading and writing it, I wrote these poems occasionally, and very much at random, as their name implies. Whether they may help or not, in some small measure, to inspire Highlanders with a love of the language of their warlike ancestors, they at anyrate profess to have been written in more varied parts of the world, than perhaps an equal number of poems by one and the same author, in any language whatever, since the world began; and few songs have ever been composed more as a labour of love than those contained in this unpretentious little volume. With the single exception of *Victoria*

A

Oirdheare, the loyal poem to Her Majesty the Queen, which naturally occupies the pride of place in this book, and which I have just written in London, all the poems in the volume have been written in distant regions, sometimes on land and sometimes on sea ; and most of them have often and often been sung by myself, for my own amusement. Hence it is that I returned to the Highlands with a better knowledge of Gaelic than when first I left them.*

Like many similar productions, they were not originally intended for publication. But they gradually grew to such a number that they are now offered to the public at the request of many friends. Before leaving the Highlands, I was fairly familiar with the dialects of Ross, Inverness, and Argyll, by residence in these counties, which may be considered as typically Gaelic-speaking as any other.

Why the Gaelic should decay is a question more easily asked than answered. One might think it was the language of a craven people of whom their posterity had reason to be ashamed, instead of

* *Victoria Oirdheare*, mentioned above, as well as its English equivalent, *Victoria Maxima*, page 185, were two of the Jubilee poems (the cover being specially designed and embroidered by Mrs MacGregor) which the Queen has lately been pleased to accept, as a Highland literary tribute to Her Majesty's long and memorable reign.

being the language of historically one of the most warlike races that the world ever saw. Whatever the individual Highlander of the present day may be in himself, he has certainly no reason to be ashamed of the prowess of his forefathers ; and some way or other, people pride themselves on a warlike ancestry more than on anything else under the sun. It is true enough that English has cut a short march, as it were, on Gaelic, as the business language of bread and butter, which unfortunately we cannot do without. And however devoted to the Gaelic we may be, we should never undervalue the advantage and even the necessity for Highlanders to know English, without which they cannot nowadays make much headway in the world. But if we Highlanders have such small heads as to be capable of containing only one language, we are not the kind of people that we claim to be.

Partly on account of the different dialects in various parts of the Highlands, and partly also on account of the many blemishes in the lyrics themselves, I do not expect them to be equally appreciated by all kinds of readers. Words well understood in one part of the Highlands, may not be known at all in another part, or may have quite a different meaning. We must not fancy, however, that this kind of difficulty exists only with Gaelic. It is so marked in English, that a north country-man from Yorkshire has sometimes a difficulty in understanding at all the language of a man from the south country of Devon or Cornwall. Besides, I have been very careful in my choice of both language and dialect, though it is only right to say that in Gaelic, as in all other languages, bards have always been proverbial for their poetic licence, if for none other. Gaelic bards, indeed, have been far from free from this poetic licence. Any one who cares to consult that large anthology of Gaelic verse, Mackenzie's *Beauties of Gaelic Poetry*, cannot fail to be struck with the numerous surgical operations performed on words by the bards to suit the requirements of their verse.

Generally speaking, no language can be called an exact science. The ancient Highland clans lived in distinct localities, from which it was not always safe for them to visit their next door neighbours; so that in the progress of time different districts, and even different clans, acquired different accents and dialects. The clans, however, are now no longer confined to their own original territories, but mingle freely with one another. Any clan

differences of dialect have, therefore, disappeared.
But the accents and dialects of districts still live to
such an extent that it is possible at the present
day to make out what part of the Highlands a
man comes from whenever he speaks — because
his tongue bewrayeth him. Many of our Gaelic
bards, again, sang their wood-notes and war-notes
wild, in utter ignorance of the construction of
the language ; and hence, in part at any rate,
the very idiomatic character of the Gaelic tongue.

Among the greatest beauties of Gaelic verse are
its *liquidity* and *assonance*, the latter meaning the
repetition of similar or nearly similar open vowel
sounds in the lines of the text. So long as the
open vowel sounds constituting this *assonance* agreed
or nearly agreed, good and well. But if not, the
open vowel sound of one word was sometimes
changed to suit that of the other. No doubt this
fact, combined with territorial influences, gave rise
to such variations as *oran* or *amhran* (a song), *smaoin*
or *smuain* (thought), *aodach* or *cudach* (clothes), *deur*
or *diar* (a drop), *cadal* or *codal* (sleep), etc., etc.
This assonance being considered the great thing in
Gaelic verse, the grace of rhyme has been so little
cultivated that it is supposed to be incompatible
with the genius of the language. Rhyme, however,

lends great charm to all kinds of verse, and though confessedly difficult in Gaelic, yet the reader will find several lyrics in this book to prove that it is by no means impossible, such as *Am Bruadar Innseanach*, page 33 ; *Clann-rioghal mo ruin*, page 42; "*Cuir faill' air mo Ribhinn*," page 165 ; and various others.

Speaking of territorial peculiarities, I could give several instances, but will only mention one, as it refers to one of the longest poems in this book. Two or three years ago I made a cross-country journey through the wilds of Siam to the China Sea. On one of the first nights out, on a journey that I might not live to finish, I was lying in the open field with nothing for a roof but the sky. When looking at the stars gently twinkling in the clear tropical night, I fancied the Gaelic language in the form of a beautiful woman, fainting on the ground in some Highland glen, on account of being forsaken by her children. When this idea struck me, I ruminated to myself the first verses of a Gaelic poem which I finished afterwards, and which I called "*Fanndaigeadh na Gaidhlig*" (The Gaelic in a Trance), which the reader will find on page 98. And if a father may be supposed to have any predilection for any particular one of his own children, I may say that this poem is one of my own favourite ones, both for the novelty of the idea and its romantic origin. On returning to India, I sent the poem to a well-known Highland journal. But when it reached me with the poem in it, I was not a little surprised to find that the heading had been changed from that already noted, to another heading called "*A' Ghaidhlig ann am plathadh.*" On inquiry, I was told that the word "*Fanndaigeadh*" would not be understood, and that it was too much like the English word "*Fainting.*" Now, in Ross-shire at any rate, this word "*Fanndaigeadh*" is understood to mean swooning or fainting outright, as from a wound, in contradistinction from the word "*Fannachadh,*" which means growing faint as from hunger or fatigue. I only mention this as an example of local peculiarity, where a word well understood in one part may not be understood at all in another. And though this book claims to be written as much as possible from the well of Gaelic undefiled, yet we cannot help in many instances to have some similarity to English words, such as *Iubili, Parlamaid*, etc., words which are nearly the same in both languages, and do not properly belong to either.

It must be remembered that a language is *made*

to a great extent, and, like other things, must
march with the times. At this late hour of the
day, it is impossible to know whether Adam and
Eve spoke purer Gaelic than the best Gaelic scholars
of the present day. I presume they did. But
many changes have occurred since the confusion
of the Tower of Babel, so that Gaelic, as it were,
had to be made again. It is the best speakers
and writers in prose and verse that help most in
making and moulding a language—particularly the
bard, for the very meaning of the word poet is a
maker or creator. He often gives rise to new words
and phrases, which, by their own merit, helped
perhaps by the fame of their author, are followed
by others, and finally incorporated into the language
of everyday life. But though the poet may be the
greater maker, the graphic prose writer has perhaps
greater power in giving permanent form. Some
people think that poetry is a spontaneous excres-
cence, produced at will and without an effort, by
those inclined that way. This is a mistake;
for verse is generally produced with care and toil.
Milton is said to have spent seven long years over
Paradise Lost, though an expert writer could
easily copy the poem out in far less than a week.
The prose writer, on the other hand, is less re-

stricted in his task, and he therefore works with
more freedom and produces greater quantity.

But though there is no country in which the
spirit of versifying more generally exists than in the
Highlands of Scotland, yet their prose writers have
been comparatively few. They stand in much need
of leaders in Gaelic prose, to lead the way, and so
stereotype the best powers of the language, if only
for reference to future generations, even when the
language itself may have become colloquially dead.
And it is the duty of every Highlander to do his
best to uphold the language, not only as a true
and faithful servant, but also in order that, if the
heroic language of a heroic people be doomed to
die, its last days may be its best ; and that it may
perish like a gallant man-o'-war sinking in the ocean,
with her flags flying, and fighting to the last.

I shall now briefly allude to a few points in con-
nection with these poems in particular. The ortho-
graphy of the Gaelic language is a great stumbling-
block from the want of uniformity consequent on
the absence of those great prose leaders that others
would be willing to follow. Well, the word "*us*," a
contraction of "*agus*" (and), is always spelt here as
such, and without the usual apostrophe in front
of it. Indeed, Gaelic is so full of apostrophes, that

they have become to me like red rags to a bull. In a language which so often drops the last syllable of a word when ending in a vowel, these microbes must always exist to a great extent, so that they should not be used when not needed. There is no more reason to put an apostrophe before "*us*" (thus '*us*), than there is to put it before the English word "*though*" (thus '*though*), a contraction of "*although*," or before the word "*till*" (thus '*till*), a contraction of the word "*until*." In the Gaelic Bible this word "*us*" is generally spelt "*is*," in utter disregard of its etymology, forgetting that the word "*us*" is a contraction of "*agus*," and that the word "*is*" in Gaelic is really a verb, with a distinct meaning of its own.

Again, when pronouns are understood, they are not always represented in this book by apostrophes, and for the simple reason that they do not always require them. We must allow a certain amount of common-sense and inference to the reader, not to be always flaunting these apostrophes before his eyes. For instance, the phrase: —"*An duine 'chunnaic thu*" (the man *whom* you saw) does not really require an apostrophe before the word "*chunnaic*," no more than the pronoun "*whom*" would require to be replaced by an apostrophe, when left out of the English phrase just given. The reader will at once see that the expression "*The man you saw*" is just as good as "*The man whom you saw*," and that nobody would dream of using an apostrophe when the word "*whom*" is left out. It is the same with the majority of pronouns left out in the Gaelic and replaced by apostrophes. Besides, when apostrophes representing suppressed pronouns are to be used at all, the type should be so constructed that in the letterpress the apostrophes should be on the same level as the body of the text, instead of being popped on the top of the letters like a weather-cock on the top of a chimney. Again, such words as "'*nuair*, *c'aite*, *c'arson*," do not require an apostrophe. The extended forms of these words are, of course, quite correct; *an uair*, *cia aite*, *cia air-son*. But when they are contracted, they simply mean *when*, *where*, and *why*, and as such do not require an apostrophe. Generally speaking, though not always (as witness the example of "*us*" given above), the spelling of the Gaelic language is too etymological. It sacrifices too much the sounds of compound words to the sounds of the roots from which the compound words are derived; and it is also too fond of the connecting links of hyphens, and of those nightmares of mine, the apostrophes.

In conclusion, the few poems in English at the end of the book are translations by myself. But for the greater part they only represent the same sentiment, and literal translation is not pretended or even intended in these cases. Anyone who has tried his hand at such translations knows well enough that literal translation in verse from one language to another is well-nigh impossible. A language that has no idiomatic body and soul of its own, but can be moulded like a piece of potter's clay into another language, or *vice versa*, is not a language at all. The poet Pope once translated the Iliad of Homer into English verse. Cowper, another poet, was asked his opinion of the English book. "Well," said he, "it is very good—but it is not Homer." The same complaint, at any rate, cannot be made against my translations; for however different they may be, both the originals and translations are all of them—my own.

J. MACGREGOR.

LONDON, *June* 1897.

Victoria Oirdhearc.

(Faic taobh-duilleig 185.)

I.

Tha sinne 's an àm so ri cordadh,
Le cridheachan sòlasach, blàth,
Cuir failt' ort, a Bhanrigh ro oirdhearc,
Do'n d-thug sinn ar boidean gu bràth ;
Gu'n lean sinn feadh iomadach bliadhna
Do shùgradh, do phianadh 's do dheoir,
Gu dubhach 'an àm dhut bhi cianal,
'S 'na d' ghairdeachas riaraicht' gu leor.

II.

Gu siorruith cha bhasaich do chuimhne,
Cho fad 's a bhios coill anns a' ghleann,
Oir seinnear gu binn feadh nan linntean
Do mhorachd le caoimhneas nach gann ;
Bidh mathraichean gaolach 'g a aireamh
Do naoigheanan blàth aig a' chich,
'S bidh baird ann am Beurla's an Gaidhlig,
Toirt luaidh ort gu bràth gus a chrich.

13

III.

Cia àite bhios gaothan ri seideadh,
  Ri siubhal an rèis mar is aill,
Cia àite bhios stuadhan ri beucaich,
  No cuairtear a' gluasad air sàl,
An diugh bidh do phobull gu dileas,
  Cuir failt' agus sìth thar a' chuan,
Ri cliuthachadh Banrigh na rioghachd,
  Le dùrachd nach diobair gu buan.

IV.

Chaidh bliadhnachan seachad 'an ordugh,
  Bho fhuair thu-sa coir air a' Chrùn,
'S chuir Bàs, am fear fuilteach gun trocair,
  'N an sineadh gu bronach 's an dùn
Na h-aithrichean coir a bha aoibhneach,
  Bhi sealltuinn air soillse do ghnùis,
Le dochas a dhearbh thu gu saoibhir,
  Bho sheilbhich thu d' oighreachd air tùs.

V.

'S tha sinne tha fuireach 'n an deigh-san,
  Ri leantuinn 'an ceumaibh nan laoch,
Cho dileas 'an cridhe, 's cho cudmhor,
  Gu cogadh air reidhleach no fraoch ;
'S mar sin ged chaidh iadsan á lathair,
  Bidh sinne 'n an aite gu leir,
Gu diongalta, daighionn gu bràth dhut,
  Gu d' dhion anns gach gàbhadh is geur.

VI.

Cha d' righich neach idir a threoraich
    Ar fortan cho scolta 's cho buan,
Toirt binn eadar math agus dò-bheart,
    'An doigh nach dean foirneart thoirt bhuainn ;
Ni mò thig an righ sin a chuireas
    Do chuimhn' as ar n-aire gu bràth,
No chlaonas ar n-aigne do 'n ulaidh,
    Do 'n d-thug sinn gu buileach ar gradh.

VII.

Gu 'n sgaoladh ar n-Impiorached fada,
    Fo bhuadhan ro mhaiseach do laimh,
'S chaidh traillean a shaoradh bho ghlasan,
    'S an robh iad ro fhada 'n an tamh ;
Ar longan ri seoladh nan cuaintean,
    A null thar na stuadhan is cein,
Cho luath ris a' ghaoth ri cuir cuairtean,
    Feadh iomall gach cuan tha fo 'n ghrein.

VIII.

Ban-didean gach Innleachd us Eolas,
    Tha iadsan gu doigheil ri fàs,
Toirt taing do na Bhanrigh gun mhorchuis,
    Tha seasamh an còir anns gach càs ;
Do bhrigh gur e Foghlum is aillidh,
    'Am maise 's 'an ailleachd a sgiamh,
Na Cogadh, cho dearg le dath grannda,
    'S cho deigheal a ghnath air droch ghniomh.

IX.

Gidheadh tha ar n-Impiorachd laidir,
   Air-son ar deadh Bhanrigh a dhion,
Le claidheamh tha gleusda gu tearnadh,
   'S gu cumail-se sàbhailt bho phian ;
A dhearbhadh na h-aimsir a dh-fhalbh bhuainn,
   'S ar sinnsear tha marbh anns an uaigh,
'S a sheulachadh gloir an cuid calmachd,
   Bu tric feadh na talmhuinn thug buaidh.

X.

Ri ceannsachadh uaghairean fodhainn,
   Tha 'n doimhneachd an domhain gu dall,
Tha sinne 'g an treorachadh roimhinn,
   Gu deanamh ar gnothuich air ball ;
Air ball, ann am priobadh na sùla,
   Gu 'n siubhal iad sunntach gun tamh,
Chum taisbeanadh miorbhuilean ùra,
   Fo ughdaras innleachd ar laimh.

XI.

Do phobull tha lionmhor 'an aireamh,
   De iomadach cànan us siol,
Iad sgaoilte feadh iomadach cearnaidh,
   'S tre iomadach àite ri triall ;
Tha cuid dhiubh toirt geill do Ichobhah,
   'S cuid mhor do dhia-breige toirt geill,
Ach uile fo d' righ-chaithir ghlormhor,
   Mar bhraithrean ri cordadh ri c heil'.

XII.

A dh-aindeoin gach strith agus buaireas,
　　Tha 'g iathadh mu'n cuairt oirnn a ghnath,
'S buill-comuinn na l'arlamaid thruagha,
　　Le 'n caomh a bhi buaireadh gach trath ;
Tha sinne gu leir, Uig us Tòraidh,
　　Ri guidhe dhut sòlas us sith,
'S ri seilbheachadh cuibhrionn de 'n ghloir sin,
　　Tha 'n diugh ort a' doirteadh gun dith.

XIII.

Tha sinne, le iomadach reuson,
　　A chaoidh as ar leirsinn nach traigh,
Cuir failt' ort, 's 'na d' aimsirean cigin,
　　Bha sinne lan leireadh us craidh ;
Do bhrigh, ged is oighreachd dhut morachd,
　　Us gloir agus cumhachd ro threun,
Gur boirionnach caomh agus coir thu,
　　Le fuil agus feoil mar sinn fein !

XIV.

Na bochdan 's na truaghain ri caoineadh,
　　Airson luchd an gaoil anns an uaigh,
Gu'n d-fhuair iad 'na d' nadur-sa caoimhneas,
　　A dh-fhuiling 's a chlaoidheadh gu truagh ;
Mar mhathair 's mar bhantrach ag ionndrainn
　　An dream riut nach tionndaidh ni's mò,
Gur aithne dhut doruinn a' mhuinntir,
　　Chuir Bàs le chuid shaighdean fo sgleò.

B

XV.

Ban-dìon airson creidimh us ceartas,
    Tha dùrachd do reachdan ro chaomh,
Le saors' aig gach aon a bhi cleachdadh
    An aoradh 'na bheachd-san tha naomh ;
Gun chead aig luchd deanamh an fhoirneart,
    Bhi creachadh le dò-bheart ro bhreun,
Ach còir tre do chriochan a' comhnuidh,
    Bho mhoch gu dol fodha na grein.'

XVI.

Gidheadh tha a' ghrian gheal le soillse,
    Toirt solus do d' roinntean gun sgios,
Ag eiridh air aon dhiubh le boillsgeadh,
    'S air aon dhiubh 's an oidhche dol sios ;
'S bidh iadsan gu leir air an là so,
    Ri guidhe dhut failte gu ciuin,
Toirt urram us umhlachd us gradh dhut,
    Air Iubili Banrigh an ruin.

XVII.

Mar sin gu 'm bidh iomadh tein-cibhinn,
    Le lasraichean geura dol suas,
'S bidh daoine ri glaodhaich 's ag eubhachd
    Do chliu ann an eisdeachd gach cluais ;
Bidh gunnaichean mora gun aireamh,
    Ri lasadh 's ri tairneanaich chruaidh,
'S gu 'n duisg as na creagan mactalla,
    Chum guidhe dhut slaint' agus buaidh.

XVIII.

O, 's lionmhor na brataichean boidheach,
 An diugh bhios ri comhdach gach crann,
Oir muir agus tir bidh ri comhstrith,
 'Ach co ac' is boidhche bhios ann ;
'S bidh sinne ro áit air an là so,
 A leithid nach d-thainig a riamh,
'S gu 'n òl sinn deoch-slainte na Banrigh,
 Gun iomradh air cail de dhroch ghniomh.

XIX.

Buan beo gu 'n robh gloir agus aoibhneas
 Gach buaidh a tha daimheil us caomh,
Buan beo gu 'n robh iomradh air saoibhreas
 Do bheusan 's do chaoimhneas ro naomh ;
Mar sin gu 'm bheil sinne ri cordadh,
 Le cridheachan solasach, blath,
Cuir failt' ort, a Bhanrigh ro oirdhearc,
 Do 'n d-thug sinn ar boidean gu brath !

Caoidh an Doctoir Mhuillear.

Air fonn :—*" Bha mi 'n dè 'm Beinndorain."*

Air dhomh cluinntinn aig Shanghae mu bhàs an Doctoir Mhuillear, Steornabhaigh, chuir mi 'n luinneag chianal so ri cheile air boird-luinge, ann am Muir-Buidhe China, la no dhà mas do chaill sinn na h-acraichean ann an stoirm uabhasach ris an abrar Tiphùn, ann an cead mhios a' gheamhraidh 1889.

'S e 'n sgeul a dh-fhag mi gruaimeach,
    A chuala mi 'n tir m'aineolais,
An leigh do'm b' airde buadhan,
    Bhi sìnte fuar 's an talamh shios ;
An caraid dileas, gradhach,
    Dhomh fhein a riamh 's do m' chairdean,
Nach faic mi chaoidh gu brath e,
    Oir dhuin am Bàs bho m' shealladh e,

An ceum do 'm b' annsa giulan,
    Fo phearsa mhuirneil, eireachdail,
An cridhe caoimhneil, cubhraidh,
    'S an t-suil bu chiuine seirce leam ;
Cha 'n fhaca mi duinuasal
Bu roghainn leam na Ruaraidh,
An lighich fior-ghlan, suairce,
    'S am measg an t-sluaigh bu cheanalta.

Bidh mise chaoidh 'g a aireamh,
  Gu 'n sgar am Bàs an t-anail bhuam,
Ri meas gach buaidh a dh-fhas ris,
  Os ceann gach sàr a b' àithne dhomh ;
Oir bha e riamh bho 'oige
'Na dhuine grinn gun sgoid air,
'S cha-n fhaic mi chaoidh a sheorsa,
  Cho fad 's is beo air thalamh mi.

Gu 'm b' og thug mise gaol dha,
  'S d' a aodann aoidheil, thairiseach,
Gun mhoit, gun fhoill do dhaoine,
  Gun chaochladh riamh air 'aigne dhomh ;
Mar fhuair mi e 'na m' phaisde,
Nuair neochiontach a bhà mi,
Gu'n d-fhuair mi riamh gu bàs e,
  'Na charaid gradhach, carthannach.

Nuair dh-eireadh tinneas bhàsmhor,
  'S a theicheadh cach le eagal orr',
B'e fhein an leigh ro ghràsmhor,
  Gu dol 'na dhail gun teagamh air;
'S cha chumadh sneachd no sianntan,
No cunnart plaigh no fiabhrus,
No leisgeul eile riamh e,
  Bho dhol a dhion a choimhearsnaich,

Ged thriall mi iomadh mile,
   Tre mhuir, tre bheann, 's tre bheallaichean
'S ann leam a riamh bu riomhaich
   An tir a b' oige b' àithne dhomh ;
Ach O, dol dhachaidh sàbhailt,
Gu Tir nan gleann 's nan ard-bheann,
'S e dh-fhag mo chridhe craiteach,
   Na cairdean caomh nach maireann iad.

Gur fada mis' bho m' dhuthaich,
   Le tursa seinn an tuircadh so,
Na deoir ri ruith bho m' shuilean,
   'S mo chridhe trom gun subhachas ;
Oir neonach ged tha China,
Cha tog i sunnt air m' inntinn,
'S mo charaid caomh 'na shineadh,
   Gun bhrigh 's a' chill cho muladach.

Bu mhor mo mhiann 's mo dhurachd,
   'S mo dhuil gu 'm faicinn fallain e,
'S gu 'n glacainn lamh an diùlnaich,
   Le run nach caochail farasda ;
Ach O, air dhomh bhi seoladh
A null gu duthaich m' eolais,
'S ann phaisg iad sios fo 'n fhòd e,
   'S a chaoidh ri m' bheo cha-n fhaic mi e.

Tha Leodhas bhochd fo churam,
  'S cha-n ioghnadh leam gur dubhach i,
Gach allt ri ruith gu tursach,
  'S le torman ciuin ro mhuladach ;
Na cnuic 's na coilltean arda,
'G am folach fein fo sgaile,
Ri gul 's ri caoidh an àrmuin,
  Nach till gu bràth bho thurus ruinn.

Beannachd leis na Beanntan.

Air fonn :—" *Tha mi 'am ònar air tulach boidheach.*"

Tha m' inntinn lionta le curam cianal,
 'S mi air mo phianadh le pian nach gann,
Oir 's trom a thà mi 's mi caoidh gu craiteach,
 Do bhrigh bhi fagail Tir ard nam beann ;
Gu dubhach tursach ri tionndadh culaobh
 Ri tir mo dhuthcha bu mhuirnich leam,
Gu tirean ceine fo theas na greine,
 Ni m' fheoil a cheusadh 's mo cheuman trom.

A' chainnt bu bhinn leam le tlachd a chluinntinn,
 'S bu tric a sheinn mi gun chuimhn' air bron,
Cha chluinn mo chluasan 's na tirean truagha,
 'S an tric is dual dhomh bhi tinn fo leon ;
'An aite manran guth-cinn mo mhathair,
 'S e chluinn mi canran gun suim, gun bhrigh,
Bho ghraisge neonach cho dubh ri rocais,
 'S nach ionann comhradh ri ceol mo chridh,

Bu tric a dhirich mi ard nam beanntan,
    Tre choill nan gleanntan bu tric a thriall,
'S gu 'm aotrom, deonach, mo cheum air mointeach,
    'N am' bhalach gorach's mi og gun chiall ;
Ach 's ann is eigin dhomh nis an treigsinn,
    Gun fhios am feud mise chaoidh gu brath,
Toirt sealladh sula feadh fonn mo dhuthcha,
    Bu mhor bu mhuirnich leam cliu na cach.

Tha 'n long ri seoladh gu grinn fo' comhdach,
    Bho dhuthaich m' eolais ri cumail curs',
Tha ghaoth ri seideadh 's na tuinn ag eiridh,
    'S tha mise deurach le meud mo thurs' ;
'S cha mhor an ioghnadh mi-fhein bhi cianal,
    'An àm bhi triall dhomh air ard nan tonn,
Le cudthrom inntinn bho thir mo shinnsear,
    Bu ghuirme frithean 's bu riomhaich fonn.

Mo chairdean gradhach, ceud soraidh slan leibh,
    Ceud soraidh slan leis gach ribhinn bhinn,
Ri 'n taobh a b'aill leam bhi cluith 's a' manran,
    'S a riamh a b'abhaist bhi baigheil, grinn ;
Gach bodach aosda, gach cailleach chaoimhneil,
    Gach oigear aoidheil, slan leibh gu leir,
Oir 's eigin fagail gach gleann a b'fhearr leam,
    Os ceann gach aite fo ard nan speur.

Ach ged is falbh dhomh bho chriochan Albainn,
    Air-leam nach searg bhuam, air muir no tir,
An gaol gun ghò thug mi dhuthaich m'oige,
    'S cho fad's is beo mi bhios daingeann, fior ;
'S ged dh-eireadh buaireas no bas mu 'n cuairt dhiom,
    'S ged bhiodh an cruaidh-fhortan goirt 'g am chlaoidh,
Bidh mise dileas do thir mo shinnsear,
    Le gaol nach diobair mi-fhein a chaoidh.

Cha-n fhios an till mi, cha-n fhios an till mi,
    Cha-n fhios an till mise chaoidh gu bràth,
Ach ma 's e bàs dhomh, ceud soraidh slan leis
    An dream a b'fhearr leam toirt buaidh air càch ;
Biodh sibhse treun mar bu dual d'ur treubhan,
    Toirt gradh d'a cheile le speis nach gann,
'S gu'n tig an tim anns an eigin striochdadh,
    Biodh sibhse dileas do Thir nam Beann.

Ach 's coir dhomh tamh bho bhi seinn an dàn so,
    Gu fior 'tha fagail mo chridhe trom,
Le run bhi 'g eiridh mar Ghaidheal eudmhor,
    Os ceann gach eigin a dh-eireas rium ;
'S mar sin cha chaomh leam bhi caoidh no caoineadh,
    Ach seasmhach daonan le gaol nach traigh,
'S a chaoidh gu'n till mi 's gu'm bliath a'chill mi,
    Bidh durachd m' inntinn do ghlinn mo ghraidh.

Tir mo Dhuthcha.

(Faic taobh-duilleig 192.)

Air fonn :—" *Nighean fhir na Comraich.*"

Ceud fàilte, fàilte, thir mo ghraidh,
  Gur fada, ghraidh, bho thriall mi
A null thar cuan bho d' bheanntan ard,
  Gu dubhach, craiteach, cianal ;
Ach ged do thriall, a riamh cha d-thraoth
  Mo ghean 's mo ghaol do 'n duthaich,
A dh-àraich mi nuair bha mi maoth,
  'S nuair bha mi aotram, sunntach.

Os ceann gach tir an ear 's an iar,
  A thriall mi feadh an t-saoghail,
Bu tusa fein amhàin mo mhiann,
  Gun fhiaradh riamh no caochladh ;
Oir ged bhiodh tirean cein car ùin
  Gle neonach leam 'n an iomhaigh,
Bu tusa, tusa, thir mo ruin,
  An tir bu mhuirnich sgiamh leam.

Cha chuireadh beartas mor no maoin
   Do raointean gorm air dichuimhn,
'S cha b' urrainn gloir no solas faoin
   Cuir as do m' ghaol do d' chriochan ;
Oir cha-n 'eil neach no ni fo 'n ghrein,
   Cruaidh-fhortan breun no buaireas,
A chlaonas m'aigne, ghraidh, bhuat fein,
   Gu'n sìnear sèimh 's an uaigh mi.

Ged bhiodh an geamhradh greannach, fuar,
   Ri cuairteachadh nan gleanntan,
'S ged bhiodh an sneachda, mar bu dual,
   Air uachdar fhuar nam beanntan ;
Gidheadh gu 'm b'fhearr leam fhein an sgiamh,
   'S na neoil ag iathadh dluth orr',
Na tirean cein 's am biodh a ghrian
   Cho teth 's cho dian ri ghiulan.

Leig leis na h-Innseanaich bhi blath,
   'N an tamh fo theas na greine,
'S le mnathan dubh bhi lom a ghnath,
   Gun chota-bàn, gun leine !
'S biodh iadsan toilicht' anns an doigh
   A dh-orduicheadh le Dia dhoibh,
Ach b'annsa leamsa mhuinntir choir,
   Do 'm buineadh clò us bian geal.

A riamh cha d-thug mi suim no speis
   Do 'n diathan-breige neonach,
'S do 'n iodhal-aoraidh oillteil, bhreun,
   Cha deanainn geill gu deonach ;
'S gur tric a dh-fhag e mise tinn
   Bhi cluinntinn sgreach an canain,
Oir O, os ceann gach cainnt is binn,
   Gur binn leam-fhein a' Ghaidhlig !

Thoir dhomhsa mointeach choir an fhraoich
   S' a' ghaoth bhiodh fallain, fialaidh,
Ri seideadh suas tre thir nan laoch
   Le slainte sgaoilt' fo' sgiathan ;
'S biodh acasan 'an tirean cein,
   Gach cuslaint bhreun a dh-innsear,
'An uair bhios mise falbh leam fein,
   'S mo cheum air fonn mo shinnsear.

Nuair bhiodh na naimhdean guineach, dàn,
   'S am Bàs gun iochd mu 'n cuairt dhiom,
B'e sud an uair bu mhiann le m' lamh
   Bhi fior gu brath do d' bhruaichean ;
'S ged bhiodh am faoileach fiadhaich, fuar,
   No teas 'g am' bhualadh iosal,
Cha b' urrainn iad gu bàs toirt buaidh
   Air meud mo luaidh do d' chriochan.

Ge lionmhor ceol a chuala mi,
   Bha binn gu fior us gleusda,
Nuair sheideadh suas ceol mor na piob,
   Dè 'n ceol bhiodh binn 'na m' eisdeachd?
'An sin gu'n teicheadh cach air cul,
   Mar ni nach b' fhiù leam cluinntinn,
Oir O, b'e sud am balgan-ciuil,
   A thogadh surd air m' inntinn.

Tha moran seorsa gearradh grinn,
   Us dathan grinn air aodach ;
'S tha cuid cho scolta, sgiobalt, cruinn,
   'S tha cuid gun loinn cho slaodach ;
Ach 's áithne dhomhsa trusgan gearr,
   A ruigeas barr nan gluinean,
Bu tric a choisinn buaidh 'am blàr,
   'S a b' aluinn snuadh air urlar.

Gur fior gu 'n d-fhas mo chiamhag liath,
   'S gu 'n chaill mi sgiamh na h-oige,
'S mo cheann air fas cho lan de chiall
   'S gu 'n thriall a' falt ri m' bheo dheth ;
Ach 's coma leam—tha 'n cridhe blath,
   Gun fhailneachadh bho thùs air,
'S gur cinnteach mi gu 'm bidh gu brath,
   Gu 'n cairear sios fo 'n uir e.

O 's iomadh bliadhna thriall a null,
  Bho dh-fhag mi fonn mo dhuthcha,
'S chaidh iomadh caraid caomh air chall,
  Bho thionndaidh mi mo chul riut ;
Tha pairt dhiubh anns a' chuan 'n an tamh,
  Us pairt 'an cearnan ceine,
'S och, och, nach faic mi chaoidh gu brath
  Am pairt a b' fhearr leam fein dhiubh.

Cha b' ann gu dearbh 'an laithean aois
  A chlaon iad as gun eifeachd,
Ach gearrta sios air cuan us raoin
  Gu 'n chaochail iad 'n an treunachd ;
'S gur iomadh teaghlach truagh fo leon,
  A dh-fhag iad leonta, cianal,
Ri gul 's a' caoidh na suinn a sheol,
  'S nach till iad beo gu siorruith.

Seadh, dh-fhalbh iad sud, 's cha d-fhag 'n an deigh
  An leithid fhein 'n an àite,
'S gu tric a bhios mo chridhe reubt',
  Le cuimhne gheur 'g an àireamh ;
'S air-leam gu 'm faic mi cruth nan laoch,
  Gu caoimhneil, caomh, mar b' àbhaist
Ge cian a null bho Thir an Fhraoich
  A dhaog iad fad bho 'n cairdean.

Cha-n eil, cha-n 'eil iad ann ni 's mò,
    Gidheadh gur mor mo run-sa
Do thir mo ghraidh, 's am b' abhaist lco
    Bhi comhnuidh cridheil sunntach ;
'S ge d-fhas mo cheum, a ghaol, cho fann
    Gu direadh beanntan arda,
Gidheadh sud ort, a Thir nam Beann,
    'S le run nach gann—*ceud fàilte ! !*

Am Bruadar Innseanach.

(Faic taobh-duilleig 196.)

Air fonn :—" *Feasgar Luain.*"

AIR dhomh-sa tuiteam trom 'an suain,
   Gu 'n bhruadar mi mu Thir an Fhraoich,
Ge fada bhuam air ard a' chuain,
   'An cearnan tuath, bha tir nan laoch :
'S gu 'm facas leam 'na m' aisling bard,
   Ro aosd air fas le ciamhag liath,
'S air-leam gu 'n thog e 'ghuth gu h-ard,
   Ri gul gun tamh 's a' caoidh nan triath.

'Na aonar leig e 'throm air bát,
   'S gu cianal chrom e sios e-fein,
Ri gabhail soraidh ris gach àit,
   A b' aillidh leis na àit fo 'n ghrein ;
Gu 'n chuimhnich e na laithean cian,
   A thriall a null 's nach till a chaoidh,
'S gu 'n cuala mi am bard fo phian,
   Mar so ri deanamh bron us caoidh :—

C

(CAOIDH A' BHAIRD)

O thir mo ghraidh, thir ard nam beann,
  'S tu 'n tir a b' annsa leam bho thùs,
'S an tric a thriall mi cnoc us gleann,
  Mas d-fhas mo cheum cho mall gun lùghs ;
'S e lion mo chridhe lan de bhron,
  Bhi faicinn fearann coir mo ghaoil,
Air fas cho lom le feidh 's le eoin,
  'S an sluagh 'n am fograich bhochd fo sgaoil.

Tha 'n sluagh nach striochdadh riamh do namh,
  A nis air falbh do chearnan cein,
'S tha cearcan-fraoich 'an aite-tàmh
  Nan Albannach 'bha calma, treun ;
Na glinn 'bu roghainn leam thar cach,
  Gu tur dol fas fo choill gun bhrigh,
'S och, och, nach fhaic mi chaoidh gu brath,
  An dream a dh-fhag fo leon mo chri'.

Cha b' armailt bhorb a nall thar sàl
  Thug buaidh 'am blàr no sharuich sinn,
Oir riamh cha d-fhuaireadh siol no àl,
  Bu chalm' air blàr bho linn gu linn ;
Cha b' e — ach sionnaich mhosach, bhreun,
  A bhrath a' Ghaidhealtachd do Ghoill,
'S a mhill 's a mheall na Gaidheil threun
  Le laghan eucorach luchd foill.

B 'e uachdarain gun iochd, gun truas,
  A sgap an sluagh bho chuairt nam beann,
'S na slaightearan bha lan de chruas,
  'G am fuadach as gach cluainn us gleann ;
Mar Iudas lubach, lan de cheilg,
  Gu 'n ghlac iad coir air roinn 's air raoin,
G' an reic le foill do lamh luchd seilg,
  Chum faighinn seilbh air moran maoin.

Mor mhallachd bhuan gu 'n robh ri tamh,
  Bho cheann gu sail nam mearlach bhreun,
'G an leantuinn dluth gach taobh us lamh,
  'S an dàin dhoibh tamh no triall fo 'n ghrein ;
'S mar bhuin iad fòs ri bochdan truagh,
  'S ri dilleachdain, gun truas, gun bhaigh,
Mar sin gu 'n tuiteadh sios an snuadh,
  'S an cridhe cruaidh, le bròn us craidh.

Air leam gu 'n cluinn mi ghaoth gu binn,
  Mar cheol ri seinn tre ghlinn mo chri',
Gach sruth gun tamh ri caoidh na suinn,
  A thriall air tuinn 's nach till a chaoidh ;
Tha 'n uiseag bheag do 'n ciuine ceol,
  'S an smeorach bhochd gu tursach, fann,
Ri gul 's a' caoidh na suinn a sheol,
  'S nach till ri 'm beo gu Tir nam Beann.

'Na m' aonar tha mi caoidh a ghnath.
　An dream a b' abhaist comhnadh leam,
Ach's fada bhuam a dh-fhalbh gu brath,
　An dream nach fhagadh m' inntinn trom ;
'S mar sin cha-n 'eil cionfàth fo 'n ghrein,
　Ni m' anam eibhinn a so suas,
Gu 'n tig am bàs 'am ionnsuidh fein,
　Le 'shaighdean guineach, geur, gun truas.

O, failte, Bhàis ; O, failte, Bhàis.
　Gur fearr am bàs leam na bhi beo,
Oir ni e saor mi bho gach càs,
　Tha fagail m' anam trom fo sgleo ;
Oir cha-n 'eil agam gion no gaol,
　Do ni 's an t-saoghal mhealltach, bhreun,
Bho dh-fhalbh a null thar cuan us caol,
　An dream bu chaoin 's bu chaomh leam fein

Cha-n ioghnadh ged tha m' inntinn trom,
　'S nach tog mi fonn air oran binn,
'S mi nis air fas cho lag 's cho lom,
　'S gur coma leam-sa ceol a sheinn ;
Oir dh-fhalbh mo roghainn as an tir,
　'S 'n an àit tha ciobairean us Goill,
'S cha b' aill leam fein a riamh, gu fior,
　Bhi striochdadh sios do shiol na foill.

Gur cianal tha mi ghnath leam fein,
  Mar chailleach-oidhch' air call a h-àl,
Mar Oisein bochd an deigh na Feinn,
  Tha mise caoidh na dh-fhalbh air sàl ;
Oir dh-fhagadh mi 'na m' aonar truagh,
  Mar long air cuan gun chrann, gun seol,
Le cridhe brist' air call mo shnuadh,
  Nach eirich suas le duan no ceol.

Cha chluinn mi tuilleadh cainnt nam beann,
  A' chainnt a b 'annsaidh leam fo neamh,
'S cha-n fhaic mi chaoidh air raoin no gleann,
  Na h-oighean grinn ri seinn gu seimh ;
'S ma chluinn mi piob, le torman ard,
  Bho bhalgairean aig sail luchd-dreuchd,
'S ann thuiteas inntinn throm a' bhaird,
  'S a chridhe sgàint le craidh us creuchd.

Ach beannachd leis gach cnoc us sliabh,
  'S gach sruth tha triall tre ghlinn mo ghaoil,
Tha m 'anail fàs gu fann 'na m' chliabh,
  Mo shuilean blian 's mo cheann cho maol ;
Tha m' anam tursach, trom, fo chàs,
  Gu fann air fàs le bron us caoidh,
'S mar sin aig uair us àm mo bhais,
  O thir mo ghràidh, slan leat a chaoidh !

        *   *   *

'An sin gu 'n thuit am bard le sgios,
   'S air-leam air ball gu 'n chaill e 'n deo,
'S nuair bhasaich esan dh-fhailnich sios
   An Gaidheal deireannach bha beo;
Gu 'n chrom an giubhas sios a cheann,
   'S mu thimchioll chruinnich ainglean neamh,
'S gu 'n thiodhlaic iad e 'n Tir nam Beann,
   Chum codal trom gu súthainn, scimh.

Gu 'n chlisg mo chridhe—'s dhuisg mi suas,
   Bho 'n aisling suain a bhruadar mi,
'S air ainm mo Dhe 'tha lan de thruas,
   Gu 'n d-thug mi luaidh le run mo chri';
Toirt taing do Righ na cruinne-cè,
   Gu bheil na Gaidheil fathast beo,
'S 'an dochas feadh gach linn us rè,
   Gu 'n teid E-fein mar thearmunn leo!!

Smaointean Diomhair.

Air fonn :—"*An soisgeul gradhach thug 'Dia nan gràs dhuinn.*"

NUAIR thachras dhomh-sa leam fhein bhi smaointinn
    Air sgleo an t-saoghail, 's air cor an t-sluaigh,
Gur tric thig cianalas mor air m' inntinn,
    A dh-fhagas tinn mi le caoidh ro thruagh ;
Cho gearr ar laithean 's cho lan de dhoruinn,
    Mar sgail nan neoil a theid seachad, sios,
Oir dh-aindeoin innleachd us iocshlaint mhorain,
    Mar bhlath an fheoir theid gach feoil fo chis.

Gur tric mi sealltuinn air gloir nan speuran,
    Cho lan de reultan ri boillsgeadh ciuin,
'S mi faicinn foillseachadh fior nam meuran,
    A sgaoil na neamhan a reir an ruin ;
'S le cridhe bruite gu 'n tuit mo shuilean,
    Ri deanamh urnuigh ri Righ nan righ,
A tha 'g an stiuradh gu leir 's 'g an giulan,
    'S a ghairm air tùs iad a brugh gun bhrigh.

Tha clann nan daoine cuir suim an sòlais,
  Air gloir us stòras ' theid bun os ceann,
'S mar sin cha'n fhiach leo bhi gabhail eolas
  Air ni ach goraich us pròis nach gann ;
Ri deanamh gleadhraich le òr us seudan,
  Cho faoin 's cho feineil bho linn gu linn,
An uair bu choir dhaibh le ceol us teudan,
  Bhi moladh Dhe tha cho glormhor, grinn.

Cha'n fhaodar rannsachadh leud nan neamhan,
  No gloir nan speuran a mheas le sreang,
Ni mò a fhuaireadh am measg nan treubhan
  An gaisgeach treun sin gun bheud, gun mheang,
Do 'n comas fiosrachadh miorbhuil Naduir,
  No chunntas aireamh gun chrich a suim,
Us cait' an d' fhuaireadh an uaghair laidir,
  A thuigeas ardachd us doimhneachd Tim.

O THIM gun aois, agus RUM gun chriochan !
  Air leam gur diomhair tha sgail bhur gnuis,
Ged rachadh saoghail gu tur air dhichuimhn,
  Bidh sibh-se siorruith gun chrioch, gun tùs ;
Gun sgios ri cuairteachadh raidh us bliadhna,
  'S gach reul tha dian-ruith tre ard nan speur,
Oir dh-aindeoin ùin agus crioch a 's ciana,
  Tha sibh-se cian os an ceann gu leir.

Theid sinne chaochladh mar aiteal greine,
  'S cha-n fhaicear ceum dhinn air raoin no gleann,
Araon am fiamhach 's an triath is treuna,
  Theid as le cheile, 's cha bhi iad ann ;
Oir luath no mall thig am bas g' an leonadh,
  Theid as do 'n lochrain, 's an cuimhn air chul,
Ach mairidh TIM agus RUM an comhnuidh,
  Mar bhreacan-comhdach do Righ nan dul.

O Dhe nan gras, nach ro ghloirmhor d' fhalluinn,
  'S am bheil Thu ghnath air do chomhdach dluth,
Ri folach bhuain-ne do ghnuis cho aluinn
  'S nach tuig ar nadur cho ard 's tha Thu ;
Thoir dhuin-ne, Dhe, bhi gu tric 'na d' iarraidh,
  Le inntinn rianal 's le cridhe ciuin,
A chum gu 'n seinn sinn do chliu gu siorriuth,
  'S gu 'm faic sinn miorbhuilean mor do ruin

Clann-rioghal mo ruin.

(Clann-Ghriogair).

Air fonn :—" *Buaidh leis na seoid.*"

Seisd :—

Clann rioghal mo ruin do 'm bu mhuirniche loinn,
'S ann dhuibh-se bu chaomh leam gu caoin a bhi seinn,
An dream anns gach cruadal bha buadhach a riamh,
'S 'an guailean a cheile nach geilleadh le fiamh,
     Clann rioghal mo ruin.

Mo run air Clann-Alpain bha gaisgeil bho thus,
'S a riamh a bha dileas gu fior anns gach cuis,
Gu brath gu 'n robh buaidh le fuil uasal nan laoch,
Bu dual a bhi tamh 'an tir aluinn an fhraoich,
     Clann rioghal mi ruin,

Seisd :—

Clann rioghal mo ruin do 'm bu mhuirniche loinn, etc.

Gur aosda bhur sinnsear, gur rioghal bhur dream,
Fuil righrean nan Gaidheal bha treun anns gach àm,
A chlaoidheadh le ceilg agus mealltaireachd bhreun,
'S a dhearbh iad gu dearbh a bhi calm' agus treun,
     Clann rioghal mo ruin.

Seisd :—

Clann rioghal mo ruin do 'm bu mhuirniche loinn, etc.

Ged dh-fhiach iad gu cealgach bhur n-ainm chuir air
    chul,
Cha searg e gu brath gus am basaich gach dùil,
Oir fhad 's a bhios craobh air a faotainn 's a choill,
Bhur treubh-se bidh daonan gun chaochladh, gun
    fhoill,
        Clann rioghal mo ruin.
Seisd :—
    Clann rioghal mo ruin do 'm bu mhuirniche loinn, etc.

Le caoimhnealachd naduir, 's le cairdeas nach geill,
Biodh sibh-se, mo chairdean, gu gradhach ri cheil',
Ri cordadh mar theaghlach deadh bheusach le gaol,
Nach fhaodar le namhaid gu brath dol fo sgaoil,
        Clann rioghal mo ruin.
Seisd :—
    Clann rioghal mo ruin do 'm bu mhuirniche loinn, etc.

Na gaisgich gun fhoill do 'n robh coilltean nam
    beann,
Mar shuaicheantas buan anns gach cruadal bu teann,
Mar ghiubhas bhur sinnsear gu direach ri fàs,
Biodh sibh-se gu dileas gun mhi-chliu gu bàs,
        Clann rioghal mo ruin.
Seisd :—
    Clann rioghal mo ruin do 'm bu mhuirniche loinn, etc.

Cha b' e 'm balgan-buachair bho'n bhuaineadh na
  suinn,
Ach fior fhuil nan Gaidheal bha treun feadh gach
  linn,
Oir riamh bho bha cnuic agus uillt idir ann,
Bha ceuman bhur sinnsear-se 'g imeachd nan gleann,
      Clann rioghal mo ruin.
Seisd :—

Clann rioghal mo ruin do 'm bu mhuirniche loinn, etc.

Gu buan gu 'n robh 'm buabhal 'na bhuachaile dhuibh,
'S damh croiceach nam beann gu'n robh teann air bhur
  taobh,
Bhur gairdeanan fein gu 'n robh treun anns gach ni,
'S gu brath gu 'n robh buaidh leibh 'am buaireadh no
  sith,
      Clann rioghal mo ruin.
Seisd :—

Clann rioghal mo ruin do 'm bu mhuirniche loinn,
'S ann dhuibh-se bu chaomh leam gu caoin a bhi seinn,
An dream anns gach cruadal bha buadhach a riamh,
'S 'an guailean a cheile nach geilleadh le fiamh,
      Clann rioghal mo ruin.

Am Bodach Bochd.

Air fonn :—" *Seinn eibhinn, seinn eibhinn.*"

'S tric mi smaointean 'am aonar
 Air gach aonach us gleann,
Anns am b'abhaist dhomh sineadh
 Sios fo dhidean nam beann ;
Ann an laithean faoin m'oige,
 'S mi bu ghoraich bhiodh ann,
Ge do dh-fhas mi nis aosda,
 'S mi air caochladh nach gann,
 'Na m' bhodach bochd.

Thogainn fonn feadh na frithean,
 A bhiodh finealta, binn,
'S ghabhainn oran beag, gorach,
 A bhiodh ceolmhor ri sheinn ;
Dheanainn ceilear us comhail
 Ris na h-oighean bu ghrinn,
Mas do dh-fhag mi tir m' eolais
 Gu bhi seoladh nan tuinn,
 'Na m' bhodach bochd.

Thogainn siuil ris a' bhata,
  Nuair a b'abhaist dhomh strith
Ris na companaich ghradhach,
  Leis 'm bu naire bhi sgith ;
'S chuirinn cop ris an t-sroin aic,'
  Dh-fhagadh broinean gun bhrigh,
Ged a nochd tha mi bronach,
  Leis cho leonta 's tha mi,
    'Na m' bhodach bochd.

Caite nis bheil na fiurain
  A bha dumhail, deas, cruaidh,
Chuireadh ruaig agus sgiursadh
  Air gach duthaich le buaidh ?
Na fir ghreimeanta, laidir,
  Do 'm bu mhalda leam gruaidh,
'S a rinn m' inntinn ro chraiteach,
  Le bhi 'n trath so 'g an luaidh,
    'Na m' bhodach bochd.

Tha cuid mhor de na seoid ud
  Anns gach cearnaidh fo'n ghrein,
Tha cuid eile fo 'n fhoid dhiubh,
  'S cuid rinn bronach mi fein,
Iad bhi 'n dumhlachd na doimhne,
  Measg nan tonn 'an tir chein,
'S och, gur tursach mo chuimhne,
  'S mi ri caoidh nam fir threun,
    'Na m' bhodach bochd.

Faire, faire, mo mhaighdean,
  A bha caoimhneil, gun ghruaim,
Thogadh solas us aoibhneas
  Suas air m' inntinn le d' stuaim;
'S beag a shaol mi, mo mhuirninn,
  Anns an uin a chaidh bhuam,
Bhi 'na m' thruaghan crom, crubach,
  Nach dean sugradh no fuaim,
    'Na m' bhodach bochd.

'S tric a sheinn mi binn oran,
  Do 'm bu cheolmhora fonn,
Do mo ribhinn, thar moran
  Do 'm bu bhoidhche leam conn;
'S ged do sheol mi cian aite,
  Air feadh bharcaich nan tonn,
Cait' an d-fhuar mi riamh, caite,
  Oigh cho aluinn, trom donn?
    'Na m' bhodach bochd.

Ged tha ghrian air mo rosdadh,
  Agus m'fheol air fas fann,
Togam orm gu tir m'eolais,
  'S togam seol ris gach crann;
Gu bhi fagail nan Innsibh,
  Suas gu tir nan ard bheànn,
Tir mo roghainn 's mo shinnsear,
  Gu tir riomhach nan gleann,
    'Na m' bhodach bochd.

Tha mo chiamhag air liathadh,
  Tha mo cheann air fas maol,
Tha gach bliadhna 'g am bhliathadh,
  'S tha mo sgiamh air fas caol ;
Ach gu 'm basaich gach iarraidh,
  'S theid gach miann bhuam fo sgaol,
Chaoidh cha chaochail gu siorruith
    Mo mhor mhiann dhut 's mo ghaol,
      'Na m' bhodach bochd.

Dhe, a chruthaich an saoghal,
  Nach ro fhaoin e mar cheo ?
'S nach e daoine tha baoghalt,
  Bhi toirt gaol do na sgleo ?
A theid seachad mar sgaile,
  'S mar tha 'n dain do gach beo
Searg 's an uir no 's an doimhne,
  'S cha bhi cuimhne ni's mo
    Air BODACH BOCHD !

Port-ceum nan Leodhasach.

(The Lewismen's March).

Air fonn ur leis an ughdar fein.

Seisd :—*Gu 'n thog sinn na siuil ri ard nan crann,*
Gu 'n tog sinn na siuil ri chcile,
Gu 'n thog sinn na siuil ri ard nan crann.

Bha 'n long mhor a' dol fo h-aodach,
'S a cuid ghillean ghasda, ghaolach,
Feithibh falbh fcadh fiath us faoileach,
   Null gu fraoch na Gaidhcaltachd.
Seisd :—*Gu 'n thog sinn na siuil ri ard nan crann, etc.*

Nuair a chuir sinn ceart fo sheol i,
Thoisich i gu brais ri snotach,
'G iarraidh gu na gaoith gu deonach,
   Mar bu nòs gun bhreugan dith,
Seisd :—*Gu 'n thog sinn na siuil ri ard nan crann, etc.*

Ach nuair thionndaidh sinn a' chuidhle,
Thuit an long 'an taobh na gaoithe,
'S thoisich i ri danns an ruidhle,
   Dh-fhag cho aoibhneach eibhinn sinn,
Seisd :—*Gu 'n thog sinn na siuil ri ard nan crann, etc.*

D

Bhruchd gach seol a mach gu boidheach,
'S luidh i null gu grinn fo' comhdach,
'S thoisich tuinn ri danns fo 'n t-sroin aic',
   Co-streap co bu treubhanta,
Seisd :—*Gu 'n thog sinn na siuil ri ard nan crann, etc.*

'S buan an cuan gu tir ar n-eolais,
'S fada bhuainn air falbh tha Leodhas,
Tir nan gruagach mhin gun mhorchuis,
   Riamh bu bhoidhche beusan leinn,
Seisd :—*Gu 'n thog sinn na siuil ri ard nan crann, etc.*

Seasaidh sinn d'ar duthaich dileas,
Anns gach cruadal cruaidh 's am bi sinn,
'S air gach tir a chaoidh a chi sinn,
   'S ise tir a 's speiseil leinn,
Seisd :—*Gu 'n thog sinn na siuil ri ard nan crann, etc.*

Ged bhiodh oidhche dorch us dumhlaidh,
Dh-fhag sinn tirean cein air culaobh,
'S ged bhiodh marcach-sine smuideadh,
   Stiuraidh sinn gu h-eudmhor i,
Seisd :—*Gu 'n thog sinn na siuil ri ard nan crann, etc.*

Fagaidh sinn 'an lorg a saile
Cop ri leum air bharr an t-saile,
'S ged bhiodh tuinn a' chuain ri bàrcaich,
   Fagaidh sinn ri beucaich iad,
Seisd :—*Gu 'n thog sinn na siuil ri ard nan crann, etc.*

Stiuraidh sinn gu gleusd a cursa,
Null air cuan gun ghruaim gun tursa,
Chaoidh gu 'm faic sinn fonn ar duthcha,
   Tir ar ruin, 's cha treig sinn i,
Seisd :—*Gu 'n thog sinn na siuil ri ard nan crann. etc*

Theid sinn timchioll gob na Cabaig,
Togaidh sinn tigh-soluis Airnish,
'S chi sinn Steornabhagh mhor aluinn,
   'S cairdean caomh bu daimheil duinn,
Seisd :—*Gu 'n thog sinn na siuil ri ard nan crann,*
      Gu 'n tog sinn na siuil ri cheile,
      Gu 'n thog sinn na siuil ri ard nan crann.

Mo Ghruagach Dhonn.

Air fonn ur leis an ughdar fein.

Seisd :—*Mo chul, chul, ri m' leanann dhonn,*
Mo chul, chul, ri m' leannan dhonn,
Hóraro, mo chul,
Híraro, mo chul,
Mo chul, a chaoidh ri mo ghruagach dhonn.

Air dhomh-sa bhi seoladh muir mhor nan tonn,
Gu 'n cuala mi sgeul nach robh eibhinn leam,
Gu 'n robh bean mo ghraidh,
Ceangailte gu brath,
Ri amadan a dh-fhagas i craiteach crom.
Seisd :—*Mo chul, chul, ri m' leannan dhonn, etc.*

Ma phòs a' bhean chubhraidh bu shuairce leam
An t-umaidh 's an duthaich bu shuaraiche,
Airson moran maoin,
Fearann agus raoin,
Cha-n fhada gu 'm bidh gaol-se ri fuarachadh,
Seisd :—*Mo chul, chul, ri m' leannan dhonn, etc.*

B' e 'm beud i bhi 'n tòir air an òr cho dluth,
Gun iomradh gu dearbh air deadh ainm no cliu,
    Ach gheibh i luath no mall
    Sealladh air a call,
Nuair ghabh i roghainn Gall 's nach robh ann ach cù!
Seisd :—*Mo chul, chul, ri m' leannan dhonn, etc.*

Ma bhrist i na boidean a rinn i rium,
'S ma reic i na pògan bu mhillse leam,
    'S ma chuir i rium a cul,
    'Na deigh cha bhi mo shuil,
Ach 's coma leam co-dhiu i bhi tursach, trom,
Seisd :—*Mo chul, chul, ri m' leannan dhonn, etc.*

Oir O, ma tha 'nadur cho trailleil, faoin,
'An aite bhi fireannach finealt, caoin,
    Gur beag is fhiach i fein,
    Do dhuine tha fo 'n ghrein,
'S gur mise fear 'na deigh nach sil deur no braon.
Seisd :—*Mo chul, chul, ri m' leannan dhonn, etc.*

Ma 's dual dhut bhi luaineach, gun luaidh air cliu,
Mo thruaighe-sa 'n truaghan do 'n uallach thu,
    Oir bidh do chridhe faoin
    Ri ruith bho h-aon gu h-aon,
'S ri tuiteam ann an gaol air gach slaod nach fiu,
Seisd :—*Mo chul, chul, ri m' leannan dhonn, etc.*

Ach sguiridh mi de shcinn do mo mhaighdean dhonn,
A dh-fhag mi nuair bhà mi air ard nan tonn,
   'S cha chluinnear misc chaoidh,
   Le gearan goirt ri caoidh,
'S cha bhi mi air mo chlaoidh airson glaighc gun chonn.
Scisd :—*Mo chul, chul, ri m' leannan dhonn.*

   Mo chul, chul, ri m' leannan dhonn,
     Hóraro mo chul,
     Híraro mo chul,
Mo chul, a chaoidh ri mo ghruagach dhonn.

An Uiseag.

(Faic taobh-duilleig 201.)

Air fonn :—" *Feasgar Luain.*"

Mo chruinneag bheag do 'n ciuine ceol,
   Air maduinn og gu seimh ri seinn,
Bu tric, 's tu shuas am measg nan neoil,
   A chuala mi do chomhradh binn ;
Ach 's iomadh bliadhna thriall a chaoidh,
   Bho chunnaic mis' thu snamh nan speur,
'S tu 'g itealaich air bharr na gaoith,
   Os ceann nan glinn 's an guirme feur.

Gur moch a shiubhlainn feadh an raoin,
   'S ochòin gur aotrom bhiodh mo cheum,
Ri sireadh suas do nead beag, caoin,
   'S mi gorach, faoin, gu ruith 's gu leum ;
'S ged thriall an àm sin fada bhuainn,
   'S ged shiubhal mise cuan us sàl,
Gidheadh gur caomh leam fein gu buan,
   An uiseag bhuadhach bhinn 's a h-àl,

Chuir Freasdal mi do thirean cein,
Fo theas na greine leaghadh sios,
'S cha-n ioghnadh leam gu bheil mi fein
Air uairean èigin trom fo sgios ;
Cha-n fhaic mi tuilleadh, mar bu nòs,
An uiseag choir leam fhein bu chaomh,
Ach eoin cho uailleil, lan de phrois,
Le sgreach gun cheol bho chraobh gu craobh.

Tha uiseagan 'an so gu leor,
Ach cha-n 'eil uiseag cheolmhor ann,
Ach creutairean gun mheas, gun treoir,
Gun fiu ri smid de cheol 'n an ceann ;
'S cha-n eirich iad a chaoidh air sgèith,
Mar b' abhaist dhut-sa, chaomhag dhonn,
Bhi seoladh suas gu h-ordal reith,
Le d' oran seimh' bu mhillse fonn.

Ma chi mi eoin do 'm boidhche snuadh,
Us oisichean do 'n uailleil ceum,
Gu 'm b' fhearr leam thu na ghraisge thruagh,
Le 'n greadhnachas gun bhuaidh, gun fheum ;
'S ma chi mi peucagan gun cheol,
A' falbh le prois a null 's a nall,
Cha luaithe chluinn mi cainnt am beoil,
Na thuiteas sios an gloir air ball.

'S ann bhuineas tu do neamh nan speur,
   'S cha-n ann do 'n talamh pheacach, bhochd,
Oir ged a tha do nead 's an fheur,
   Gu bheil thu fein gun bheud, gun lochd,
Mar spiorad naomh ag eiridh suas,
   Gu bandaidh, buadhach, measg nan neoil,
Mar aingeal ri toirt soisgeul truais
   Do chearnan truagh' bha dhith an sgeoil.

Mo ribhinn ghrinn, bi seinn do cheol,
   'Am measg nan neoil, mar bha thu riamh,
'An uair bhios eoin gun cheol 'n am beoil,
   Lan moit us prois airson an sgiamh ;
Bu bhriagha leam do chòta glas,
   'S do ghuth a 's blasda leam fo neamh,
No glaighcean fhaoin le 'n sgreach gun bhlas,
   A dh-aindeoin morchuis dreach an sgeimh.

Cluinn, cluinn, an teachdair caoimhneil, caomh,
   'G am dhusgadh as mo smaointean trom,
Ach O, cha-n e, ach fead neo-naomh
   Nam *biugalan* 's neo-chubhraidh leam ;
Cha d-threig mo chaileag bhinn an Tuath,
   'S an bheil i buan bho linn gu linn,
Oir chaoidh gu brath cha toir i fuath
   Do 'n tir bu dual bhi uasal, grinn.

Mo mhile beannachd bhuan, gu brath,
    Gu 'n robh ri tamh ort fein a chaoidh,
Oir 's tu bu roghainn leam thar cach,
    Ag eiridh ard air bharr na gaoith ;
'S gur fada leam gach oidhch' us la,
    Gu 'm bidh mi fagal cearnan cein,
Gu Tir nam Beann, le cridhe blath
    Do 'n uiseag chaoin 'bu chaomh leam fein.

Mo Nighean Mheallshuileach.

An t-amhran a rinn Calum Seoltair do Sheonaid Laghach,
'an uair a bha e air a sgriob mhor, mhor, eadar Steorna-
bhagh agus *Timbuctoo!*

Air fonn :—" *Hurò, mo chuid chuideachd thu.*"

Seisd :—*Hurò, mo nighean mheallshuileach,*
            Bha riamh cho caoimhneil, carthannach,
            'S e dh-fhag mi nochd neo-fhallain thu
            Bhi fada, fada bhuam-sa.

Ged sheolainn do na h-Innseachan,
Us tuinn a' chuain ged dhirinn-sa,
Gu 'n tillinn gu mo ribhinn leis
    Gach sioda 's gach ni luachmhor.
Seisd :—*Hurò, mo nighean mheallshuileach, etc.*

Gur tric tha mise smaoineachadh,
Ri cuimhneachadh do chaomhalachd,
'S an oidhche rinn sinn aontachadh,
    Le gaol nach fhaodar fhuasgladh,
Seisd :—*Hurò, mo nighean mheallshuileach, etc.*

Mar Venus measg nan reultan thu,
Mar ghrian ri snamh nan speuran thu,
Mar ghealach chiuin ag eiridh thu,
   Gu beusach, banal, suairce,
Seisd :—*Hurò, mo nighean mheallshuileach, etc.*

Na faicinn measg nan nioghnag thu,
Gu ruithinn suas 's gu 'm bruidhninn riut,
Oir 's binne leam 's gur millse leam
   Na mhil do bhilean stuaime,
Seisd :—*Hurò, mo nighean mheallshuileach, etc.*

Gur fada leam bho dhealaich sinn,
Ach d' iomhaigh chaomh 'na m' shealladh-sa,
Bidh chaoidh gu 'm fag an t-anail mi,
   'S gu 'm paisg iad sios 's an uaigh mi.
Seisd :—*Hurò, mo nighean mheallshuileach, etc.*

Nuair theid mi null a Steornabhagh,
Do 'n tir a dhàraich gorach mi,
Gu 'n dean mi mach a feorachadh,
   'S gu 'm faigh mi coir gu buan orr'.
Seisd :—*Hurò, mo nighean mheallshuileach, etc.*

Do leithid riamh cha d-àraicheadh,
'S cha-n fhacas falbh air sraidean iad,
'S do chomadh caomh cho nadurach
  Ri long a' snamh nan cuaintean,
Seisd :—*Hurò, mo nighean mheallshuileach, etc.*

'An Glaschu ged tha oisichean,
Ri suirridh orr' cha thoisichinn,
Oir b' fhearr leam fein bhi comhla riut
  Na 'n ònaid ac' is uailleil.
Seisd :—*Hurò, mo nighean mheallshuileach, etc.*

Oir cha-n 'eil annt ach peucagan,
Cho faoin le moit us fcinealachd,
'S gu 'm b' annsa nighean Ghaidhealach
  Na ceudan de na truaghain.
Seisd :—*Hurò, mo nighean mheallshuileach, etc.*

Bidh 'm plabartaich 's an gaireachdaich,
'S am Beurla chruaidh, ro ghrannda leam
Oir O, gur binne Ghaidhlig leam,
  A' chànan chaomh bu dual domh.
Seisd :—*Hurò, mo nighean mheallshuileach, etc.*

'S e cainnt leam fein a 's priseil i,
Oir O, 's e cainnt mo shinnsear i,
An comhradh blasd nach dichuimhnich
  Mi chaoidh cho fad 's is buan mi.
Seisd :—*Hurò, mo nighean mheallshuileach, etc.*

Tha 'n long ri siubhal solasach,
'S na tuinn ri danns fo 'n t-sroin aice,
'S tha mise fein gu dochasach
  Bhi 'n comhail gasd mo ghruagaich,
Seisd :—*Hurò, mo nighean mheallshuileach,*
        A riamh bha caoimhneil, carthannach,
        'S e dh-fhag mi nochd neo-fhallain thu
        Bhi fada, fada bhuam-sa.

Cha teid deur de 'n dram ud.

Air fonn :—" 'Sann an Ile bhoidheach
A rugadh mi 's a thogadh mi."

Seisd :—*Cha teid deur de 'n dram ud*
A chaoidh 'na mo shlugan-sa,
Cha teid deur de 'n dram ud
'Na mo mhaodal-sa gu brath.

'S tric a dh-fhag i mise neonach,
Gorach mar na h-iseanan,
'S mi cho miannach a bhi boilich,
'S a bhi cluinntinn boilich chaich,
  Seisd :—*Cha teid deur de 'n dram ud, etc.*

Nuair a chaidh mi null do 'n Tiumpan,
Shealltainn air Alasaid,
'S ann le sgraing a throid i rium-sa ;—
" Teich a null 's na tig 'na m' dhail !
  Seisd :—*Cha teid deur de 'n dram ud, etc.*

" Cha-n'eil d-anail idir cubhraidh,
Oir 's e diu nan gillean thu,
'S riut gu 'n tionndaidh mi mo chulaobh,
'S bidh fear-ùr agam 'na d' ait."
      Seisd :—*Cha teid deur de 'n dram ud, etc.*

'S nuair bu deonach leam a pògadh,
Ann an doigh ro mhiodalach,
'S ann a thuit mi air mo spogan,
Ann an cornaidh a' lios-chàil,
      Seisd :—*Cha teid deur de 'n dram ud, etc.*

'An sin suas gu 'n leum a h-ardan,
'S lion an tamailt buileach i,
'S dh-fhag i mise truagh ri snaigeadh
Air mo mhagan air an lar.
      Seisd :—*Cha teid deur de 'n dram ud, etc.*

Alasaid bu bhriagha gruaidhean
Thar gach snuadh a chunnaic mi,
Dh-fhag i mise bochd 'na m' thruaghan,
'S phos i fleasgach uasal ard.
      Seisd :—*Cha teid deur de 'n dram ud, etc.*

Cuiridh deoch an ceann tre-cheile,
Air bheag feum no mothachadh,
'S anns a mhoch an àm dhuinn eiridh,
Och mo leireadh, meud ar craidh.
  Seisd :—*Cha teid deur de 'n dram ud, etc.*

Cha-n eil innt ach olc us puinsean,
Dh-fhagas tinn us dubhach sinn,
'S a rinn milleadh mor air miltean,
Feadh gach uile linn us àl.
  Seisd :—*Cha teid deur de 'n dram ud, etc.*

Lionaidh i le fuaim ar cluasan,
Tuainealaich 's a bragadaich,
Seadh 's am fear do 'n airde buadhan,
Fagaidh i cho truagh ri traill,
  Seisd :—*Cha teid deur de 'n dram ud, etc.*

'S iomadh scoltair grinn us iasgair
Dh-fhag i riamh ri fannachadh,
Gus na dh-fhas iad glic us ciallach,
Chum bhi 'g iarraidh chuid is fearr,
  Seisd :—*Cha teid deur de 'n dram ud, etc.*

   E

Fagaidh i fear og a 's treuna,
Air bheag feum no faircachadh,
Gus am faic thu sgoid a leine,
Mach 'n a breidean air a mhàs!
    Seisd :—*Cha teid deur de 'n dram ud, etc.*

Bidh e trod ri bhean gu daonan,
Ceart mar shlaodar ladarna,
Nuair bu choir dha bhi gu gaolach
Mach ri saothair air a sgàth,
    Seisd :—*Cha teid deur de 'n dram ud, etc.*

Sguiridh sinn mar sin d' ar goraich,
'S cha chuir stop air mhisge sinn,
'S bheir sinn mionnan mhor us boidean,
Chaoidh nach ol sinn deur gu brath,
    Seisd :—*Cha teid deur de 'n dram ud, etc.*

Chaoidh cha ghabh sinn tuilleadh daorach,
Saor no daor a bhitheas i,
'S gheibh sinn coir air crodh us caoraich,
'S bidh sinn saor bho 'n dram gu brath,
    Seisd :—*Cha teid deur de 'n dram ud, etc.*

Duinidh sinn gach aon tigh-osda,
'S doirtidh sinn na buidealan,
'S eadar Steornabhagh 's an t-Oban
Cha bhi h-aon de 'n t-seorsa slan,

 Seisd :—*Cha teid deur de'n dram ud*
   A chaoidh 'na mo shlugan-sa,
   Cha teid deur de 'n dram ud
   'Na mo mhaodal-sa gu brath !

Fonn-fogradh nan Gaidheal.

Air fonn :—"*Ohurò, tha mi jò thursa.*"

'S mise nochd tha briste, bruite,
Ri cuir cul a chaoidh ri m' dhuthaich,
Anns am b' abhaist dhuinn bhi sugradh,
Sunntach, fallain, dluth ri cheile.

Chaoidh cha teid mi 'n àm an fheasgair,
Chumail comhail ris na fleasgaich,
'S ris na h-oighean bhoidheach, chneasda,
B'airde meas 'am measg nan ceudan.

Cait' an teid mi?   Caite, caite?
Nuair a thuiteas sios na sgailean,
'S fada bhuam a bhios gach aite,
Far am b' abhaist dhomh bhi ceilidh.

Ubh, ubh, 's truagh a tha mi,
'S fliuch mo shuil le cridhe craiteach,
Gabhail beannachd ris na cairdean,
Null thar cuan gu brath 'g an treigsinn.

Dhe nan gras, gur beag a shaol mi
Mi bhi fuadaicht' feadh an t-saoghail,
Gun duil tilleadh ris an aonach,
Do 'n d-thug mise gaol nach treig mi.

Chaill mi comunn, chaill mi cairdean,
Chaill mi-fhein gach ni a b' aill leam,
Ach cha chaill mi cainnt mo mhathar,
Chaoidh gu 'm bual am Bas gu geur mi.

'S moch a shiubhlainn feadh nam frithean,
Slios nam beann gur ard a dhirinn,
Tionndadh dhachaidh gu mo ribhinn,
Nuair a dhiobradh teas na greine.

Mile marbhaisg air na bruidean,
Leis 'm bu mhiann a riamh ar ciurradh,
Ri cuir fuadach as an duthaich,
Air na diulnaich ghrinn bu treuna.

Tir mo roghainn tir mo shinnsear,
Thar gach tir a chaoidh a chi mi,
'S e bhi triall gu brath bho 'n rioghachd,
Dh-fhag mi tinn le 'm inntinn reubta.

Beannachd leis gach cnoc is airde,
Beannachd leis gach gleann us airidh,
'S e bhi chaoidh ri dol g' ur fagail,
Rinn mo chridhe sgaint' a leireadh.

An Leisgean Lom.

An t-amhran a rinn Fionnghal Bhan do Dhonnachadh Crabach, 'an uair a chaidh e g' a h-iarraidh airson a posadh !

Air fonn :— "*Mo nighean dhubh na treig mi.*"

Seisd :—*Cha ghabhainn fhein an leisgean lom,*
Cha ghabhainn fhein fear slaodach,
Cha ghabhainn fhein an leisgean lom,
Gun chrodh, gun fhonn, gun aodach.

Gur mi nach luidheadh maille ris
An fhear bhiodh flagach, diomhain,
Oir bhreabainn as mo leabaidh e,
Mas caidlinn-sa ri chliathaich.
Seisd :—*Cha ghabhainn fhein an leisgean lom, etc.*

Cha bhiodh do bhriogais ceangailte
Mu d' mheadhon mar bu choir dhith,
Ach tuiteam sios ma d' mhanchanan,
'S na dearganan 'ga d' sgrobadh.
Seisd :—*Cha ghabhainn fhein an leisgean lom, etc.*

Cha chuirinn suas le amadan,
   No leannan bhiodh 'na umaidh,
Oir b' fhearr leam bhi air allaban,
   Na cadal idir dluth ris.
Seisd :—*Cha ghabhainn fhein an leisgean lom, etc.*

Nuair chiteadh cach ag aiteachadh
   Gu duineal, lamhach, gniomhach,
'S ann gheibht' ag gearan bronach thu,
   'S do thoin 'an taobh na griosaich.
Seisd :—*Cha ghabhainn fhein an leisgean lom, etc.*

Cha chaomh leam dreach do lurganan,
   Cho dearg le breacan grannda,
Oir gheibht' an taobh na cagailt thu,
   Ri garradh do chuid chnamhan.
Seisd :—*Cha ghabhainn fhein an leisgean lom, etc.*

Gu 'm biodh do chota slaodadh riut,
   'S do chlaigionn maol gun chomhdach,
'S gu 'm biodh do chasan caola, bochd,
   Ri slaopadh le cion bhrogan.
Seisd :—*Cha ghabhainn fhein an leisgean lom, etc.*

Cha-n fhiach gu fìor mar iasgair thu,
Gu biathadh dubhain lùbta,
'S air-leam gu dearbh nach seoltair thu,
   Airson long mhor a stiuradh.
Seisd :—*Cha ghabhainn fhein an leisgean lom, etc.*

Cha treabhaich finealt fearainn thu,
'S cha-n fhear am measg luchd-ceaird thu,
Ach burraidh dùr gun bhreithneachadh,
   'S gun cheanaltas 'na d' nadur.
Seisd :—*Cha ghabhainn fhein an leisgean lom, etc.*

'S a' mhaduinn nuair a dhuisgeadh sinn,
B' e fear mo ruin-s' an ceile,
A dheireadh suas gu durachdach,
   Gu cosnadh cliu us speis duinn.
Seisd :—*Cha ghabhainn fhein an leisgean lom, etc.*

S' ann tha mo shuil-s' a fuireach ris
A' ghille dhubh bha suairce,
Oir thug mi gaol gu buileach dha,
   'S cha-n urrainn mi toirt fuath dha.
Seisd :—*Cha ghabhainn fhein an leisgean lom, etc.*

Oir b' fhearr leam duine misneachal,
Ri luidhe sios 's ag eiridh,
Na slaodair odhar, airsneulach,
   'S an leisg 'an deigh a leireadh,
Seisd :—*Cha ghabhainn fhein an leisgean lom, etc.*

'S a Dhonnachaidh, thoir a mhointeach ort,
'S na tig ri d' bheo g' am iarraidh,
Oir O, cha luidh mi comhla riut,
   'S cha phòs mi thu—gu siorruith !
Seisd :—*Cha ghabhainn fhein an leisgean lom,*
   Cha ghabhainn fhein fear slaodach,
   Cha ghabhainn fhein an leisgean lom,
   Gun chrodh, gun fhonn, gun aodach.

Mairi na h-Airidh.

Air fonn ur leis an ughdar fein.

Seisd :—*'S truagh nach robh mis' agus thus' agus ise,
'S truagh nach robh is' agus mise ri cordadh,
'S truagh nach robh thus' agus is' agus mise,
Gur truagh nach robh mis' agus ise ri posadh.*

Gur aotram a dhannsainn air ùrlar le m' annsachd,
'S a shiubhlainn an samhradh 's an geamhradh le Mairi,
   'S air-leam an t-slighe,
   Gu 'm eibhinn mo chridhe,
Ri briodal 's a' bruidhinn ri nighean na h-airidh.
Seisd :—*'S truagh nach robh mis' agus thus' agus ise, etc.*

Ge ard agus proiseil ban-tighearnan spoirseil,
Cha-n 'eil iad no 'n seorsa cho boidheach ri m'
      mhaighdean,
   Le comhradh a 's binne,
   Le giulan a 's grinne,
Le suilean a 's geura na reultan ri boillsgeadh.
Seisd :—*'S truagh nach robh mis' agus thus' agus ise, etc.*

'S mi shiubhladh na gleannan fo dhidean nam beannan,
'Am aonar le m' leannan bho mhaduinn gu h-oidhche,
　　'S gu 'n deanadh sinn sugradh
　　Air moch-mhaduinn chubhraidh,
Le cridhe lan durachd, gun churam roimh naimhdean.
Seisd :—'*S truagh nach robh mis' agus thus' agus ise, etc.*

Cha-n iarrainn de shòlas Di-luain gu Di-domhnuich,
Ach comunn us comhail na h-oigh' a 's ro aillidh,
　　'S ged bhiodh sinn gun storas,
　　Aig Dia tha gu leor dheth,
G' a thaomadh 's g' a dhoirteadh le trocair 's gach aite.
Seisd :—'*S truagh nach robh mis' agus thus' agus ise, etc.*

Ge cian leam bho dh-fhag mi an tir a rinn m' àrach,
Cha deachaidh deadh chànan mo Mhairi bho m'
　　　　chuimhne,
　　'S ochòin 's beag mo churam,
　　Gu 'n tionndaidh i cul rium,
Gu'm paisgear 's an uir mi no'n dumhlachd na doimhne.
Seisd :—'*S truagh nach robh mis' agus thus' agus ise, etc.*

Na 'm bithinn-sa seolta gu roinn chuir 'an ordugh,
Gu 'n seinninn do mhorachd 'an oran glan Gaidhlig,
　　'S chuirinn ri cheile,
　　Do ghibhtean 's do bheusan,
'An cainnt a bu ghleusda na Bheurla ghlas, ghrannda.
Seisd :—'*S truagh nach robh mis' agus thus' agus ise, etc.*

Cha chuala mi cànan cho binn ris a' Ghaidhlig,
'S cha-n fhaca mi làthrachd cho blath ri mo ghruagach,
    'S cha d'-fhuaireadh an treubh sin,
    'An cruadal bu treuna,
Na clannaibh nan Gaidheal nuair dheireadh an
    tuasaid.

Seisd :—*'S truagh nach robh mis' agus thus' agus ise,*
    'S truagh nach robh is' agus mise ri cordadh,
    'S truagh nach robh thus' agus is' agus mise,
    Gur truagh nach robh mis' agus ise ri pòsadh.

Gur Cianal a thà mi.

Air fonn ur leis an ughdar fein.

Gur cianal a thà mi an trath so leam fein,
Cuir sios ann an ordugh binn oran ri cheil',
    Do d' bhraighean, mo dhuthaich,
    Bho chian chuir mi cùl riut,
Ach tionndaidh mi d'ionnsuidh gu fonnmhor le speis.

Do bheanntan a's aird thar gach aite thug buaidh,
A chunnaic, no chi mi an taobh so de 'n uaigh,
    'S ged shiubhlainn an saoghal,
    Feadh bheann agus aonach,
Cha-n aom mi, 's cha chaochail a chaoidh dhut mo
       luaidh.

Mor mharbhaisg air uachd'rain cuir fuadach us pian,
Air muinntir na tir a bha dileas bho chian,
    Bu chalm' ann an cruadal,
    Bu tapaidh an guailean
A cheile nuair ghluaiseadh an tuasaid gu dian ;

Cuir ruaig air na suinn bho na glinn 's am bu ghnath
Bhi manran us sugradh 'an dluth-chleas gach la,
    'S am b'abhaist do 'n naoighean
    Bhi leumnaich le aoibhneas,
Do 'n aois a bhi caoimhneil, 's do 'n mhaighdinn bhi
    tlath.

Tha madraidh us caoraich 's an aonach gu fior,
Tha coigrich us Goill feadh nan coilltean gu sior,
    Tha 'm breac air an linne,
    'S am fiadh bharr na beinne,
'S na Gaidheil bu ghrinne fo theinne 's an tir.

Cuir failte, ceud failte, bharr aite fo 'n ghrein,
Air ard-shlios nan crioch bho na thriall mise cein,
    Cuir failt air na gruagaich
    A b'abhaist bhi stuaime,
'S na h-oganaich shuairce bu dual a bhi treun.

Na Ceithir Braithrean.

(Faic taobh-duilleig 205.)

Bu cheithir braithrean gorach sinn,
  Bu bhraithrean gorach og sinn fein,
A dharaicheadh gu ciatach, grinn,
  Gun mhoran suim do ni fo 'n ghrein ;
Bu tric a thriall sinn raoin us gleann,
  Ri 'g iarraidh nead 's an t-samhradh bhlath,
'S a dhirich sinn ri slios nam beann,
  'S an àm a dh-fhalbh's nach till gu brath.

Bu tric a sheall sinn fada bhuainn,
  A null thar cuan do thirean cein,
'S air-leam gu 'm faiceadh sinn 'n ar smuain,
  Feadh astar bhuan gach tir fo 'n ghrein ;
A ni nach 'eil, nach robh, 's nach bidh,
  Gu'n saoladh sinn gu direach rèith,
Le meud mac-meamna bha 'n ar cri,'
  Thug do gach neoni brigh us gnè.

Chaidh aimsir seach us dh-fhas sinn suas,
   Ceart mar is dual do'n chinne-daon,
'S bu mhiann leinn triall a nios 's a nuas,
Air feadh gach beann us cuan us raoin ;
Ach caite nis am bheil an triuir
   A dh-fhag cho tùrsach, cianal m'fhonn ?
Tha h-aon dhiubh sinte sios 's an uir,
   'S an dithist eile 'm brugh nan tonn.

'S an àm bu dligheach thriall a h-aon,
   'S mo thruaighe, dhaog e fad bho laimh,
Am brathair caoimhneil, gradhach, caoin,
   'S am mac bha daonan làn de dhaimh ;
'S nuair bhasaich esan rinn sinn bron,
   Oir bha sinn dubhach, bronach, tinn,
Ri caoidh le cridhe trom fo leon,
   Airson an oigear chaomh bu ghrinn.

Tha h-aon a'cadal tosdach, trom,
   Am measg nan tonn 's a Chuan-is-iar,
A dh-fhag sinn uile cianal, crom,
   Le iomadh osann trom us deur ;
'S tha h-aon 's a Chuan-a-deas 'na shuain,
   A chuir an tuilleadh gruaimean oirnn,
Oir bhàthadh e 'an doimhn' a' chuain,
   Dol timchioll Rudha chruaidh Chape-Horn.

F

'An neart an oige, 's mais' an dreach,
   Gu'n ghearradh iad a tir nam beo,
Mar chraobh ri cuir a blath a mach,
   A sgathar sios, 's nach fàs ni 's mo ;
'An diugh cho aoidheil, fallain, slan,
   Le 'n uile ghradh do Thir nam Beann,
'S a maireach marbh 'am measg muir-làn,
   'S an lamh air fàs cho fuar us fann.

Gu'n dhaog gach pàrant gearr 'n an deigh,
   Oir shearg iad as le meud am broin,
Ni mo a fhuaireadh lùs no leigh,
   A b' urrainn leigheas creuchd an leon ;
Oir dh-fhalbh a chlann do 'n d-thug iad gradh,
   'S a thug air ais dhoibh gradh ro chaomh,
'S mar sin gu fuar 's an uaigh gun bhaigh,
   Tha iadsan samhach—taobh ri taobh.

B 'e sud an lot a rinn mo chlaoidh,
   A ghnath bhi cuimhneachadh air cach,
'S na b' ioghnadh leat gu bheil mi caoidh
   An dream nach till a chaoidh gu brath ;
'S gur cianal tha mi 'n diugh 's an dè,
   'An tirean ceine tursach, trom,
Oir trom gu dearbh bha lamh mo Dhe,
   A dh-fhag mo thaobh 'n an deigh cho lom.

Ach ged nach 'eil 's an fheoil ach sgàil,
   'S ar beatha gearr mar oiteag ghaoith,
A shiubhlas seachad, sios, gun dàil,
   Nuair thig am Bas gun iochd g'ar claoidh ;
Gidheadh gu faic sinn saoghal buan,
   Us beatha bhuan tre Righ nan gràs,
Us coinnichidh sinn 'an ainm an Uain,
   'S na Neamhan shuas—gun taing do 'n Bhàs.

Cumha nan Croitearan.

Air fonn :—"O m' anam, rannsaich am bheil thu clith."

Gu'n chuir iad gruaimean air luchd mo ghaoil,
Mar chrodh gun bhuachail 'g an cuir fo sgaoil,
Bho thir an duthcha gu dluth 'g am fuadach,
Gun iochd, gun truas, thar gach cuan us caol.

Tha 'n tir a b' abhaist bhi lan de shluagh,
Air fas na fasach gun mheas, gun bhuaidh,
'S am beagan dhaoine tha nis ri fhaotainn,
Air call an aogaisg 's air caochladh snuadh.

Tha feidh ri fas air feadh ard nam beann,
Tha cearcan-fraoich air gach raoin us gleann,
Ach trusgan feilidh gur tearc is leir dhomh,
Oir dh-fhas na Gaidheil gu leir ro ghann,

Na lochan lionta le bradain mhor,
Na bric ri siolachadh pailt gu leor,
Ach ged tha 'n iasg agus feidh cho lionmhor,
Tha 'n sluagh ri crionadh le pian us deoir,

Tha tir ar sinnsear fo chis do Ghoill,
Air fas ro dhiblidh le lochd us foill,
Na coigrich ghrannda ri sgrios gach aite,
'S gach gleann us airidh dol fas fo choill.

'S e 's aite-tamh dhuinn gach croit us cuil,
Sinn-fhein mar thraillean a chaidh air chul,
Gun teachd-an-tir ann an tir ar sinnsear,
Mar dhream a dhiteadh le Righ nan dùl.

O Dhe, nach scall thu air cor do shluaigh,
Nach gabh thu truas do na deoraidh thruagh,
Nach toir thu torachd air luchd an fhoirneart,
'S air d-ainm ro ghlormhor bheir moran luaidh.

Ach seasaibh laidir mar ghaisgich threun,
'S na gabhaibh tamh gus a fas sibh fein
N' ur daoine saor air gach cluain us aonach,
Gun chead ri fhaotainn bho h-aon fo 'n ghrein!!

Na h-uachdarain.

Gu 'm bu fada fallain, slàn,
   Haoi-hò, na h-uachdarain,
An Gaidheal gasd a sgriobh an dàn,
   Haoi-hò, na h-uachdarain ;
Luinneag bheag a rainig mi,
Anns na h-Innseachan 's mi sgith,
'S a chuir aoibhneas air mo chri',
   Haoi-hò, na h-uachdarain.

B' esan fein an duine còir,
   Haoi-hò, na h-uachdarain,
'S gu 'm bu pailt a bhios a stòr,
   Haoi-hò, na h-uachdarain ;
Gu 'm bu sona bhios a thamh,
Guineach, geur, a bhios a lamh,
Gu bhi saltairt sios nan namh,
   Haoi-hò, na h-uachdarain.

Sud na sionnaich mosach, breun,
   Haoi-hò na h-uachdarain,
Chreach 's a chlaoidh na Gaidheil threun,
   Haoi-hò, na h-uachdarain ;
Ghoid am fearann bho gach tuath,
Thug gach còir us cothrom bhuath,
Ach thig leir-sgrios orr' gu luath,
   Haoi-hò, na h-uachdarain.

Rinn iad milleadh mor us mort,
   Haoi-hò, na h-uachdarain,
Gus na dheirich goinne 's gort,
   Haoi-hò, na h-uachdarain ;
Airson caoraich agus spreidh,
Airson cearcan-fraoich us feidh,
Thriall na daoine—slàn 'n an deigh,
   Haoi-hò, na h-uachdarain.

Ach tha latha teachd gun dàil,
   Haoi-hò, na h-uachdarain,
Chum an saltairt sios fo shàil,
   Haoi-hò, na h-uachdarain ;
Bha iad riamh cho làn de chruas,
Do na dilleachdain gun truas,
Ach 's an la sin gheibh iad duais,
   Haoi-hò, na h-uachdarain.

Theid iad sios do 'n teine-mhor,
  Haoi-hò, na h-uachdarain,
'S doirtear airgiod leaght' us or,
  Haoi-hò, na h-uachdarain,
Sios 'n an amhach chruaidh gun tamh,
'S theid iad anns a' chuan air snamh,
Chaoidh gun fhois do chas no lamh,
  Haoi-hò, na h-uachdarain.

Sgap iad sinn a null 's a nall,
  Haoi-hò na h-uachdarain,
Ceart mar chaoraich chaidh air chall,
  Haoi-hò, na h-uachdarain ;
Airson seilg do choigrich bhreun,
Sgaol iad sinn do thirean cein,
Fad bho 'n duthaich bu leinn fein,
  Haoi-hò, na h-uachdarain.

Rinn iad gleadhraich nach bu ghann,
  Haoi-hò, na h-uachdarain,
Co ach iadsan, co bhiodh ann !
  Haoi-hò, na h-uachdarain ;
Co ach iadsan thall 's a bhos,
Null 's a nall gun tamh, gun fhois,
'S iad cho làn de mhoit 's de phrois,
  Haoi-hò, na h-uachdarain.

Fasaidh iad a nise caol,
  Haoi-hò, na h-uachdarain,
'S coma leam ged d-fhas iad maol,
  Haoi-hò, na h-uachdarain ;
Theid an cuilbheartan fo gheill,
Duinidh iad gu tur am beul,
'S theid iad fad air falbh mar neul,
  Haoi-hò, na h-uachdarain.

Ni luchd foirneart agus foill,
  Haoi-hò, na h-uachdarain,
Teich air fogradh fo na choill,
  Haoi-hò, na h-uachdarain ;
'S mar bu choir do 'n chinne-daon,
Gheibh luchd aiteachaidh, gach aon,
Seilbh air fearann mor us maoin,
  Haoi-hò, na h-uachdarain.

Bidh sinn sona 'n sin a chaoidh,
  Haoi-hò, na h-uachdarain,
Lan de chaoraich 's de chrodh-laoigh,
  Haoi-hò, na h-uachdarain ;
Bidh sinn caoimhneil agus caomh,
Gun bhi 'g aomadh taobh gu taobh,
Ceart mar bhios na h-ainglean naomh,
  Haoi-hò, na h-uachdarain.

An Colera.

Air fonn :—"*Gur moch rinn mi dusgadh.*"

Measg an tinneas ro bhasmhor a tha 'n drasda cho dian,
Leagal lag agus laidir air na sraidean le pian,
Bidh mi smaoineachadh caoimhneil air na laithean
    bho chian,
'S air an duthaich a b' fhearr leam air na dhealraich
    a ghrian.

Saighdean guineach na greine ri toirt geill air gach duil,
Sgaradh chairdean bho chcile, 's ri toirt deur bho gach
    suil,
Ri cuir sgapadh air moran, 's ceangal-posaidh air chul,
Deanamh cridhcachan bronach air bheag sòlais no ciuil.

Air gach taobh dhiom tha phlaigh so deanamh bearnan
    gu leor,
Leagal lag agus laidir sios mar bhlath ghlas an fheoir,
Toirt air athair us mathair gu bhi fagail an treoir,
'S a toirt piuthar bho bhrathair ann an amhghar ro
    mhor.

Gur e 'n *Colera* euslaint thar gach euslaint thug
buaidh,

Gu cuir uamhas air daoine le chuid chuibhrichean
cruaidh,

Neach a 's fallain a chi thu ni e ioslachadh truagh,

'S air an aodann a 's faoiltich bheir e caochladh 'an
snuadh.

Fasaidh aodann cho tana, fasaidh anail cho fann,

Fasaidh guth cho lag iosal 's nach bidh briathran
ach gann,

Air na suilean bu bhoidhche fasaidh sgleo agus lann,

'S nuair a chi thu 'n droch thuar ud 's dual do 'n
uaigh a bhi teann.*

Cha dean innleachdan leighean moran feum anns a'
chùis,

'S cha toir ni air an talamh air ais sealladh na gnuis,

Oir bidh 'n iocshlaint 'bu luachmhor riamh a
fhuaircadh bho thùs,

Ceart mar neoni 's mar bhreugan, air bheag eifeachd
no lùghs.

---

* This verse is true to the very letter. As therein mentioned,
pinched, anxious features; shallow breathing; whispering, almost
inaudible voice; and filmy, lacklustre eyes, are the most typical
signs of acute cholera.

Nach neo-chinnteach ar beatha theid a chaitheamh
 mar cheo ;
'S nach e ghoraich is faoine bhi toirt gaol do na sgleo?
Oir nach iomadh fear laidir bhios a maireach gun deo?
'S nuair a phaisgear 's an uaigh e cha teid buaidh
 leis ni 's mò.

Ach cha chaill mi mo dhochas fhad's is beo mi tre ghràs,
Oir is dochas a's dòcha deanamh comhnadh bho'n bhàs;
'S urrainn Slanaighear siorruith mise dhian anns gach
 càs
'S gus an dùinear mo shuilean bidh mo dhuil ris 'an sàs.

Taing, a Thighearna ghrasmhor, 's ann 'na d' lamhan
 tha sinn,
Tha gach lag agus laidir, tha gach slàn agus tinn,
Anns gach cunnart us gàbhadh mar is aill leat dean
 ruinn,
'S ge b'e beatha no bas dhuinn, biodh do ghras, a
 Dhe, leinn.

Tir nam Beann-ard.

Air fonn :—" *Buaidh leis na seoid.*"

Seisd :—

Togaibh fonn air an fhonn a bha calm' agus cruaidh,
Am fonn thar gach fonn feadh an t-saoghail thug buaidh,
'S do dhuthaich nam beann anns gach cruadal us cas,
Air cuan no air tir, bidh sinn dilcas gu bas,
  Tir nam Beann-ard.

Air dhomh-sa bhi sgith anns na h-Innseachan cein,
Us m' fheol air a pianadh le dian-theas na grein,
Gur tric ann am inntinn thig muinntir mo chri',
Us Tir nam Beann-ard anns na dh-araicheadh mi,
  Tir nam Beann-ard.

Seisd :—

Togaibh fonn air an fhonn a bha calm' agus cruaidh, etc.

Ged shiubhlainn an saoghal feadh aonach us fonn,
Ged sheolainn gach aite feadh bhàrcaich nan tonn,
Ged thriallainn gach gleann agus beann tha fo 'n ghrein,
'S e 'n tir a rinn m' arach is aillidh leam fein,
  Tir nam Beann-ard.

Seisd :—

Togaibh fonn air an fhonn a bha calm' agus cruaidh, etc.

Nuair ghairmteadh na Gaidheil ri cheil' as gach gleann,
'S a thoisicheadh bualadh us sguabadh nan lann,
Cha d' fhuaireadh na naimhdean bho laithean bho thùs,
Nach sgapadh, nach sgaineadh, 's nach fagadh an lùghs,
   Tir nam Beann-ard.

Seisd :—

 Togaibh fonn air an fhonn a bha calm' agus cruaidh,etc.

'S nuair sheideadh a phiob ann an cluasan nan laoch,
Cuir cuimhne gu deonach air mointeach an fhraoich,
Gu 'n eireadh gach inntinn ri cluinntinn a' chiuil,
A chuala na beanntan 's gach àm chaidh air chul,
   Tir nam Beann-ard.

Seisd :—

 Togaibh fonn air an fhonn a bha calm' agus cruaidh,etc.

Gur priseil an dileab a sheilbhich na suinn,
Fuil chraobhach an sinnsear bu riomhaiche loinn,
A' chànan cho uasal 's a chualas a riamh,
Us trusgan an fheilidh do 'm b' cibhinne sgiamh,
   Tir nam Beann-ard.

Seisd :—

 Togaibh fonn air an fhonn a bha calm' agus cruaidh,etc.

Bho chian anns gach gàbhadh's gach cearnaidh fo 'n
   ghrein,
Bu dual do na Gaidheil a riamh a bhi treun,
Oir b' fhearr leo am bàs na bhi striochdadh do namh,
Us sinte 's an uaigh a bhi suaineach 'n an tamh,
               Tir nam Beann-ard.
Seisd :—

   Togaibh fonn air an fhonn a bha calm' agus cruaidh,etc.

Mar sin cuiribh failte, ceud failt' air gach aon
De 'n t-sluagh do 'm bu dual a bhi cruaidh agus caoin,
'S a chaoidh bidh sinn caomh agus caoimhneil ri cheil',
Mar dream nach robh riamh do na naimhdean fo gheill,
               Tir nam Beann-ard.
Seisd :—

   Togaibh fonn air an fhonn a bha calm' agus cruaidh,
   Am fonn air gach fonn feadh an t-saoghail thug buaidh,
   'S do dhuthaich nam beann anns gach cruadal us càs,
   Air cuan no air tir bidh sinn dileas gu bàs,
               Tir nam Beann-ard.

Marbhrainn do 'n t-seanailear Sir Tearlach MacGhriogair.

(Faic taobh-duilleig 208.)

Air fonn ur leis an ughdar fein.

Co chumas suas claidheamh buadhach Chlainn-Ghriogair?
'S co anns an tuasaid a sheasas an coir?
Oir sìnt' agus fuar anns an uaigh a tha 'n ridir,
Bu chruaidh ann an cruadal gu buanachadh gloir ;
Nuair sheideadh an trompaid 's a dheireadh am buaireas,
'S a ghluaiseadh na sloigh gu bhi comhrag us strith,
B' e 'n t-àm sin a b' abhaist do d' ghairdean bhi buadhach,
Chum coigrich us naimhdean a chlaoidheadh gun bhrigh.

Cha-n ioghnadh leam cluinntinn Clann-Alpain ri caoineadh,
'S an giubhas gu tùrsach ri lùbadh gu làr,
Tha 'n uiseag 's an smeorach le deoir ghoirt a' braonadh,
Ri caoidh an duinuasal thug buaidh anns gach blàr;
An Gaidheal gun mhorchuis bu sheolta ri iarraidh,
'S an saighdear gun bheud a bha treun anns gach cùis
Tha lion-aodach bais air a phasgadh gu siorruith,
'S na lamhan bu laidir air fas lag gun lughs.

Na 'm bithinn-s 'am bhard dhcanainn dànachd gu glcusda,
  Toirt luaidh air do bhuadhan thar cuan agus caol,
'S gu 'n ceanglainn gu seolta deadh orain ri chcile,
  Gu binn ri cuir cuimhn' air do chaoimhnealachd ghaoil ;
An sealladh 's an giulan bu chiuine ri aireamh,
  An ceum-chois a b' aillidh air sraid no air fcill,
Mo thruaighc, fo 'n fhòd bhi cho og air an caradh,
  Us cairdeas do naduir do 'n Bhàs bhi fo ghcill.

A mhisneachd a chinn ris bho shinnsear nach geilleadh,
  An cridhe glan cubhraidh nach lùbadh do namh,
An calpa bu bhoidhche fo chomhdach an fheilidh,
  O Bhàis, anns an uaigh chuir thu suaineach 'n an tamh ;
Mar ròs geal fo bhlath gu 'n do ghearr thusa sios e,
  An Gaidheal bu dileas do Thir ard nam Beann,
'S an gaisgeach bu trcuna chuir euslaint fo chis e,
  'S gur truagh leam ri innseadh gu 'n dhiobar e fann.

Bidh chlann bhcag ag eisdcachd gach sgeulachda dh-innsear,
  Mu thimchioll nan suinn a bha caoimhneil us trcun,
'S bidh cuimhne gu dluth ac' air cliu ard an sinnsear,
  G' a leantuinn gu bàs anns gach ccarnaidh fo 'n ghrcin ;
'S nuair thoisicheas naimhdean ri bagradh gu dàna,
  'S a ghairmear na Gaidheil ri chcil' as gach gleann,
Air-leam nach bidh h-aon dhiubh nach cuimhnich an aithne:—
  Gu brath a bhi dilcas do Thir ard nam Beann !!
G

Fanndaigeadh na Gaidhlig.

Faic an roimh-radh.

Air fonn :—" *Chunnaic mise bruadar rinn luaineach an raoir mi.*"

Seisd :—

Togaibh, togaibh fonn ; togaibh fonn air a' Ghaidhlig,
A' chànan ro uasal thug buaidh air gach cànan,
Biobh dileas d' ur sinnsear 's do 'n dileab a dh-fhag iad,
'S 'an subhachas no 'n eigin na treigibh gu brath iad.

Air oidhch-eigin araid air blar anns na h-Innsibh,
Air uachdair an fhuinn air mo dhruim 'na mo shineadh,
Gu 'n thoisich mi sealltuinn air dealradh nan speuran,
'S na rionnagan bha stiuradh an cùrs feadh nan
    neamhan.
Seisd :—

Togaibh, togaibh fonn; togaibh fonn air a' Ghaidhlig, etc.

Gu 'n bheachdaich mi geur air na reultan ro oirdhearc,
'S air morachd an Triath tha 'g an riaghladh cho
    glormhor,
Gach aon aca 'g imeachd gun sgios mar is miann leis,
'S a' seoladh feadh a' chuain tha gun uachdar, gun iochdar.
Seisd :—

Togaibh, togaibh fonn; togaibh fonn air a' Ghaidhlig, etc.

Fadheoidh thionndaidh m' inntinn gu beanntaibh nan
    Gaidheal,
An tir a rinn m' àrach 's a b'fhearr leam thar ceudan,
'S air tuiteam 'an suain dhomh 's mo smuain air tir
    m' colais,
Gu 'n thoisich mi ri bruailean le bruadar ro neonach,
Seisd :—

Togaibh, togaibh fonn; togaibh fonn air a' Ghaidhlig, etc.

(AM BRUADAR.)

Air-leam mi bhi 'n gleann leis na beanntan mu 'n
    cuairt air,
'S a' fraoch frasach, boidheach, ri comhdach nam
    bruaichean,
Tre iochdar a' ghlinn bha sruth binn cumail cursa,
Le torman ciuin ri seinn 's ri cuir m' inntinn fo thursa.
Seisd :—

Tagoibh, togaibh fonn; togaibh fonn air a' Ghaidhlig, etc.

Bha airde nan stucan gu muirneach mar b' abhaist,
Bha iomhaigh nam frithean gu riomhach, glan, aluinn,
Ach O, faicinn caochladh na raointean bu bhoidhche,
'S iad uil' air fas nam fasach gun aiteach, gun
    chomhnuidh.
Seisd :—

Togaibh, togaibh fonn; togaibh fonn air a' Ghaidhlig, etc.

Bha caoraich le 'n àl anns gach aite ri meilich,

'S gu leor chearcan-fraoich air feadh aonach nan
sleibhtean,

Bha feidh air feadh beanntan us gleanntan mo dhuthcha,

'S an sluagh air fas ro ghann 's iad cho fann bochd
fo thursa.

Seisd :—

Togaibh, togaibh fonn; togaibh fonn air a' Ghaidhlig, etc.

Oir O, bha na Gaidheil mar spreidh air am fuadach,

'S iad sgapta bho cheile mar threud bhochd gun
bhuachail,

'S an t-iarmad nach d-fhalbh bha iad balbh anns a'
chanan,

Bha blasda, binn le 'n sinnsear feadh linntean gun
aireamh.

Seisd :—

Togaibh, togaibh fonn; togaibh fonn air a' Ghaidhlig, etc.

Gu 'n dh-fhas mi ro bhronach le deoir ghoirt 'na m'
shuilean,

Ri faicinn an aite 's am abhaist dhoibh sugradh,

'S air m' inntinn bhi ciurta le curam ro chianal,

Gu 'n sheall mi null 's a nall feadh nan gleanntan bu
mhiann leam.

Seisd :—

Togaibh, togaibh fonn; togaibh fonn air a' Ghaidhlig, etc.

Air dearcadh mu 'n cuairt dhiom le gruaim nach robh
  neonach,
'S ri caoidh tir mo ghaoil bhi cho aonranach, bronach,
Gu 'n dhealraich fo 'm shuilean bean chiùin 's i 'na
  h-aonar,
'S air-leam gu 'n robh bhean sgiamhach gu cianal ri
  caoineadh,
Seisd :—
  Togaibh, togaibh fonn; togaibh fonn air a' Ghaidhlig, etc.

Air uachdar an fhraoich, mar bu chaomh leis na
  Gaidheil,
'S an àm mas do dh-fhas iad cho trailleil 's cho feineil,
Gu 'n thriall i tre 'n ghleann le ceum mall, banail, uasal,
'S gu 'n dh-fhalaich mi mi-fein anns an fheur bha
  mu 'n cuairt dhiom.
Seisd :—
  Togaibh, togaibh fonn; togaibh fonn air a' Ghaidhlig, etc.

Bha 'ceann maiseach ruisgte fo dhruchdaibh nan
  speuran,
'S a falt trom 'na chuailean mu 'n cuairt air a cheile,
Bha ' ciochan cho lionta ri ciochan glan oighe,
'S a casan caoin 's a lamhan ro aluinn, gun sgoid orr',
Seisd :—
  Togaibh, togaibh fonn; togaibh fonn air a' Ghaidhlig, etc.

Bha trusgan an fheilidh gu beusach mu 'n cuairt orr',
Us breacan ro bhoidheach ri comhdach a guailean,
Mu thimchioll a leasraidh bha crios de gach seorsa
De dhathan air an d-fhuaireadh a riamh luaidh no
    eolas.
Seisd :—

    Togaibh,togaibh fonn; togaibh fonn air a' Ghaidhlig,etc.

'Na gnuis gheal bha suilean gu muirneach ri boillsgeadh,
Cho siobhalta, scimh, ris na reultan feadh oidhche,
'Na beul milis, beusach, bha deud gheal ro bhoidheach,
'S nuair chuala mi ri cainnt i bu bhaind leam a
    comhradh.
Seisd :—

    Togaibh,togaibh fonn; togaibh fonn air a' Ghaidhlig,etc.

Cha b' aon mhaighdean bhoidheach chuir sgleo air
    mo shuilean,
'S a dh-fhag mi ro ghorach le 'n comhradh 's le 'n
    giulan,
Oir co riamh a fhuaireadh cho suarach 'na nadur,
'S nach fasadh cridheil caoimhneil, le maighdean bhi
    lamh ris !
Seisd :—

    Togaibh,togaibh fonn; togaibh fonn air a' Ghaidhlig,etc.

Ach O, os an ceann bha bhean ghrinn so cho
    sgiamhach,
'S gu 'n siubhlainn an saoghal 'na gaol feadh nan
    siantan,
'S ged bha i car aosda, bha h-aodan cho aluinn,
'S a comadh caomh gun mheang air bho 'ceann sios
    gu 'sailean,
Seisd :—
    Togaibh, togaibh fonn; togaibh fonn air a' Ghaidhlig, etc.

Nuair rainig i nall gu bhi teann ri mo thaobh-sa,
Gu 'n dh-fhas i ro bhronach, le deoir ghoirt ri braonadh,
'S air sealltuinn mu 'n cuairt dhi le gruaim feadh na'
    frithean,
Gu 'n bhrist i sios le bron a bha neonach ri
    chluinntinn :—
Seisd :—
    Togaibh, togaibh fonn; togaibh fonn air a' Ghaidhlig, etc.

(CUMHA NA MNA.)

" Gur mis' " ars is' " a' Ghaidhlig bha aluinn 'na m' oige,
'S feadh linntinn gun chuimhne bha binn blasd le moran,
'S ged dh-fhas mi cho liath, b' e mo mhiann bhi le
    durachd
Ri ceangal Clann nan Gaidheal ri cheil' anns gach
    duthaich,
Seisd :—
    Togaibh, togaibh fonn; togaibh fonn air a' Ghaidhlig, etc.

" Cha-n ioghnadh mo shuilean bhi tursach us deurach,
Ag ionndrainn mo chlann a rinn mealltach mo
threigsinn,
Oir ceart mar an gradh a bheir mathair d' a leanabain,
Mar sin gu 'n robh mo ghaol-sa gun chaochladh do
dh-Albainn,
Seisd :—
Togaibh,togaibh fonn; togaibh fonn air a' Ghaidhlig,etc.

" Ach O, 's trom a thà mi, le craidh air mo lionadh,
Gu cianal ri giulan gach cuis tha 'g am phianadh,
'S cha mhor nach b' e b' fhearr leam am bas na bhi
'g ionndrainn
An dream do 'n d-thug mi run, 's leis nach fiu teachd
'am ionnsuidh
Seisd :—
Togaibh,togaibh fonn; togaibh fonn air a' Ghaidhlig,etc.

" Oir shleamhnuich mo chlann leis nach b' annsa mo
sgiamhachd,
'S a thuit bho bhi dileas do 'n t-sinnsear bu chiataich,
Oir dh-fas iad cho feineil le Beurla ghlas, ghrannda,
'S gu 'n chuir iad rium-sa culaobh mar spruileach ro
ghraineil,
Seisd :—
Togaibh,togaibh fonn; togaibh fonn air a' Ghaidhlig,etc.

"Gu 'n thilg iad á cuimhne na suinn ghasd 'bu ghleusda,
Do 'm oighreachd a' Ghaidhlig bho Adhamh 's bho
Eubha,
'S air dhoibh deanamh dìmeas air sinnsear cho cliutach,
Gu 'n chaochal m' aghaidh mhalda—'s gu 'n dh-fhas
mi ro thursach ! "
Seisd :—
Togaibh,togaibh fonn; togaibh fonn air a' Ghaidhlig,etc.

Cha b' urrainn a' bhean sgiamhach cuir crioch air a
comhradh,
Nuair dh-fhanndaig i sios air a lionadh le doruinn,
'S air uachdair an fhraoich bha mo chaomh-sa 'na
sineadh,
'S a tuigse tur 's a leirsinn gu leir air a diobradh.

Seisd :—
Togaibh, togaibh fonn; togaibh fonn air a' Ghaidhlig, etc.

Air faicinn bean mo ghaoil air an aonach 'n a càradh,
Gu 'n ruith mi null d' a h-ionnsuidh neo-ionnsuicht
mar bhà mi,
'S gu 'n dh-fhiach mi gu dileas gach innleachd a dh-
fhaodainn,
Chum sabhaladh bho 'n bhas a' bhean ghradhach 'bu
chaomh leam.

Seisd :—
Togaibh, togaibh fonn; togaibh fonn air a' Ghaidhlig, etc.

Nuair chuala na Gaidheil mar dheirich do 'n Ghaidhlig,
'Na h-aonar le-fein air a treigsinn le ' cairdean,
Air ball anns gach aite gu 'n dh-fhas iad ro dhileas,
Gu seasamh coir na cainnt a bha baind, blasd le 'n
sinnsear.

Seisd :—
Togaibh, togaibh fonn; togaibh fonn air a' Ghaidhlig, etc.

Gu 'm faca mi fadheoidh buidhean bhoidheach mu 'n
cuairt orr',
Toirt boid anns gach tir a bhi dileas gu buan dhi,
'S air dhomh-sa bhi aoibhneach le muinntir mo
dhuthcha,
Gu 'n chlisg mi as mo shuain—'s as mo bhruadar gu
'n dhuisg mi ! !

Seisd :—
Togaibh, togaibh fonn; togaibh fonn air a' Ghaidhlig, etc.

Suil-Aluinn na Hearradh.

Air fonn :—"'S i mo leannan-sa 'n te ùr."

Seisd :—*Togam, togam, togam fonn,*
Togam fonn gu binn air m'ulaidh,
'S ged a bhiodh mo chridhe trom,
Thogainn fonn co-dhiu dhi.

'S tric mi smaointean air mo ghaol,
Nuair bhios daoine trom 'n an cadal,
'S mi ri cuimhneachadh gu caomh
Air mo ghaol le durachd,
    Seisd :—*Togam, togam, togam fonn, etc.*

Cridhe finealt, foinnidh, fial,
Sud a riamh bha aig mo leannan,
Ribhinn laghach lan de chiall,
Nach robh riamh rium diumbach,
    Seisd :—*Togam, togam, togam fonn, etc.*

Nuair a thuiteas mi 'an suain,
Bidh mo bhruadar air mo nighean,
'S bidh i 'n comhnuidh air mo smuain,
Nuair is dual dhomh dusgadh.

Seisd :—*Togam, togam, togam fonn, etc.*

Gu'm bheil m' aigne trom fo leon,
Riamh bho sheol mi as na Hearradh,
Oir cha-n fhaic mi mar bu nòs,
Nighean og mo ruin-sa.

Seisd :—*Togam, togam, togam fonn, etc.*

'S iomadh nighean ghlan 'tha ann,
Eadar Tiumpan us Ceann Bharraidh,
Ach gur tus' is aillidh leam,
Air feadh fonn 's an duthaich.

Seisd :—*Togam, togam, togam fonn, etc.*

Nuair a sheoladh sinn air sàl,
La na Sabaid dol do 'n eaglais,
'S e mo chridhe fhein bhiodh làn,
'S bean mo ghraidh cho dluth rium.

Seisd :—*Togam, togam, togam fonn, etc.*

Och, a ghaoil, bu ghoirid leam
Bhiodh an t-àm ri siubhal seachad,
'S tu ri m' thaobh ri bruidheann rium,
Banal, sunntach, cubhraidh.
   Seisd:—*Togam, togam, togam fonn, etc.*

'S nuair a shuidheadh tu-sa thall,
'S tric a chaill mi an ceann-teagaisg,
Smaointean air mo ghaol 's mi dall
Do na rann fo m' shuilean.
   Seisd :—*Togam, togam, togam fonn, etc.*

Dhe nan gràs, gabh thu-sa truas,
Air cho luaineach 's a bhiodh mise,
Nuair bu choir dhomh tiomnadh suas
M' uile smuain do d' chliu-sa.
   Seisd :—*Togam, togam, togam fonn, etc.*

Gur e mhaise bha 'na d' ghnuis,
Dh-fhag mi ciurta bho cheann fada,
Bodhaig dhireach aig mo rùn,
Gun bhi crom no crubach.
   Seisd :—*Togam, togam, togam fonn etc.*

'S e 'm brod-seirce bha 'na d' mhaol,
'S anns an aodann leam bu ghrinne,
Chuir fo dhruidheachd mi 'na d' ghaol,
Bho nach faod mi dusgadh.
     Seisd :—*Togam, togam, togam fonn, etc.*

Ged do chi mi stapag Ghalld,
'S mor gu 'm b' annsa leam a' chailleag,
Dh-fhag mi-fhein 'an Tir nam Beann,
Ged nach gann mo rùn dhi.
     Seisd :—*Togam, togam, togam fonn, etc.*

Thoir mo shoraidh bhuan gu brath
Null gu ailleagan mo chridhe,
Bean bu riomhaich leam thar cach,
'S i cho mald 'na giulan.
Seisd :—*Togam, togam, togam fonn,*
       Togam fonn gu binn air m' ulaidh,
       'S ged a bhiodh mo chridhe trom,
       Thogainn fonn co-dhiu dhi.

Diomoladh an Uisge-bheatha.

Air fonn :—" *Tha buaidh air an uisge-bheath.*"

Seisd :—*Thoir fuath mhor do 'n uisge-bheath,*
Thoir fuath dha 's na òl deur dheth,
Thoir fuath mhor do 'n uisge-bheath,
'S na òl deur teth no fuar dheth.

Co e am bard Maciomhair ud,
A sgriobh an t-amhran mi-chiatach,
A leubh mi anns na h-Innseachan,
'S a chuir mi-fhein fo ghruaimean.
Seisd :—*Thoir fuath mhor do 'n uisge-bheath, etc.*

Air-leam gur ceann na goraich e,
Bhi molladh stòp nam poitearan,
'S a liuthad mac us oganach,
A dh-fhag i leont le truaighe.
Seisd :—*Thoir fuath mhor do 'n uisge-bheath, etc.*

Ged bhiodh e nochd cho suigeartach,
Ag òl a stòp 's a buidealan,
Gu 'm biodh e maireach muladach,
'Na luidhe luideach, gruaimeach.
Seisd :—*Thoir fuath mhor do 'n uisge-bheath, etc.*

Cha mhairg leam-fhein an t-amadan,
A chuireas stòp air seacharan,
'S e null 's a nall air allaban,
Le 'cheann cho lag le luaidhean,
Seisd :—*Thoir fuath mhor do 'n uisge-bheath, etc.*

Cha-n aithne dhomh-sa feum a th' ann,
Ach bruidealachd us breunalachd,
'S a dh-aindeoin cainnt nam breugairean,
An toir-sa speis gu buan dha.
Seisd :—*Thoir fuath mhor do 'n uisge-bheath, etc.*

An iomhaigh chiuin a b' aluinne,
Am fleasgach grinn 'bu chairdeile,
'S an ceann a b' airde tàlantan,
Gu 'm fag i trailleil, suarach.
Seisd :—*Thoir fuath mhor do 'n uisge-bheath, etc.*

Cha chaomh gu dearbh le cailleagan,
Na slaightearan 's na scallagan,
A bhios cho lom le peallagan,
'S an aileag ri toirt buaidh orr.'
Seisd :—*Thoir fuath mhor do 'n uisge-bheath, etc.*

'S air-leam nach pòs a h-aon aca,
Air chor sam bith na slaodairean,
A bhios mar choin ag aornagaich,
Cho slaodach anns a'bhuachair.
Seisd :—*Thoir fuath mhor do 'n uisge-bheath, etc.*

Cha mhò is caomh le caillchean iad,
'S le mnathan-phosd gur salchar iad,
Oir cha bhi meas air balgairean,
A dhearmadas bhi suairce.
Seisd :—*Thoir fuath mhor do 'n uisge-bheath, etc.*

Mar sin gabh thu-sa rabhadh dheth,
Aon deur nach teid le d' anail dheth,
'S cho fad 's is beo air thalamh thu,
Bidh beannachd mhor us buaidh leat.
Seisd :—*Thoir fuath mhor do 'n uisge-bheath, etc.*

Dean roghainn mhor de shiobhaltachd,
'S 'na d' chois bidh fois us finealtachd,
'S na cuireadh misg fo mhì-cheist thu,
Gu togail strith no buaireas.
Seisd :—*Thoir fuath mhor do 'n uisge-bheath, etc.*

Ach 's coir dhomh nis bhi criochnachadh,
Ri dunadh suim nam briathran so,
'S ma ni iad glic us ciallach thu,
'S ann leam-sa trian do bhuanachd.
Seisd :—*Thoir fuath mhor do 'n uisge-bheath,*
         Thoir fuath dha 's na òl deur dheth,
         Thoir fuath mhor do 'n uisge-bheath,
         'S na òl deur teth no fuar dheth.

Nighean mo ruin.

Amhran luaidh le fonn ùr leis an ughdar fein.

Seisd :—*A nighean mo ruin,*
  'S tu thogadh mo shunnt
'S ann oidhch' na Bliadhn-ùr a chord mi riut.

Na faicinn thu tighinn,
'Ad ionnsuidh a ruithinn,
'S gu 'm eibhinn a bhithinn goid phògan bhuat.
  Seisd :—*A nighean mo ruin, etc.*

Gur airde do bhuadhan,
Gur aillidh do ghruaidhean,
A 's gille na stuadhan Tonn-Chròice leam.
  Seisd:—*A nighean mo ruin, etc.*

Gur cubhraidh leam d-anail
Na tuis agus canal,
'S gur baind agus banal do chomhradh binn,
  Seisd :—*A nighean mo ruin, etc.*

Gur aotrom a bhitheadh
Do cheum air an t-slighe,
Gu brosnachadh cridhe nan oganach.
> Seisd ;—*A nighean mo ruin, etc.*

Do chiochan is glaine
Na cop air a' bhainne,
'S bean d'iomhaigh is gainne ri fheorachadh.
> Seisd :—*A nighean mo ruin, etc.*

Do shlios mar an cala,
Mar fhaolag a' chala,
'S cha-n 'eil anns a' bhaile cho boidheach riut.
> Seisd :—*A nighean mo ruin, etc.*

Le gibhtean cho gleusda,
Le giulan cho beusda,
Le nadur cho cneasda, neo-ghorach, ciuin.
> Seisd :—*A nighean mo ruin, etc.*

Nuair theid mi do Ghallamh,
No dh-ait air an talamh,
As d' aogais gur falamh gach sòlas leam.
> Seisd :—*A nighean mo ruin, etc.*

Gur mir' thu na piseag,
Gur binn' thu na 'n uiseag,
'S cha lubadh a' chuiseag fo d' bhrogan grinn.
      Seisd :—*A nighean mo ruin, etc.*

Gur annsa mo chaileag,
Air-leam nach e pealag,
No idir an scalag a phosas i.
      Seisd ;—*A nighean mo ruin, etc.*

Ach sguiridh mi bhruidhean
Air beusan mo nighinn,
Ge b'eibhinn a bhithinn seinn oran dhi.
      Seisd :—*A nighean mo ruin,*
           'S tu thogadh mo shunnt,
      'S ann oidhch' na Bliadhn-ùr a chord mi riut.

Lochàluinn nan craobh.

Air fonn :—" *Mhairi dhonn, bhoidheach, dhonn,*
Mhairi dhonn 's mor mo thlachd dhut."

Seisd :—*Teann a nall, teann a nall,*
Teann a nall ris an teallach,
Ach ma dh-fhuiricheas tu thall,
Fiach nach teann thu air falach.

'An Lochàluinn nan craobh
Tha mo ghaol-sa ri fuireach,
'S leam bu mhiann bhi ri' taobh,
'S i cho caomh, cridheil, lurach,
Seisd :—*Teann a nall, teann a nall, etc.*

B' fhearr leam fhein bhi le m' ghaol,
Seoladh caol eilean Mhuile,
Thar gach ionmhas us maoin,
Feadh an t-saoghail so uile.
Seisd :—*Teann a nall, teann a nall, etc.*

Riamh cha d-fhuaireadh bho thùs,
   Muineal cubhraidh 'bu ghile,
'S tha 'm brod-seirce 'na gnuis,
   Gu bhi ciurradh nan gillean.
      Seisd :—*Teann a nall, teann a nall, etc.*

Cha bu lùthrach mo ghradh,
   Ach an t-ailleagan cridheil,
Thogadh m' inntinn bho chraidh,
   Le' cuid manran us bruidhean.
      Seisd :—*Teann a nall, teann a nall, etc.*

Ged tha Steornabhagh mhor
   Dol le goraich air mhire,
'S ged tha airgiod gu leor
   Ann an stor Thobar-mhuire ;
      Seisd :—*Teann a nall, teann a nall, etc*

'S ged tha 'n t-Oban gun dìth,
   Le cach-iaruinn 'g a thaghal,
Cha-n 'eil annt no 'm Port-righ,
   Bean cho riomhach ri m' roghainn !!
      Seisd :—*Teann a nall, teann a nall, etc.*

Cha-n 'eil beo fiu a h-aon,
    Dh-aindeoin maoin agus báthar,
Tha cho briagha ri m' ghaol,
    Air feadh aonach fo 'n ádhar.
        Seisd :—*Teann a nall, teann a nall, etc.*

'S lionmhor oganaich ghrinn,
    Dh-fhàg thu tinn, gabhail fadal,
'S iad cho tursach, gun sgoinn,
    Fad na h-oidhche gun chadal.
        Seisd :—*Teann a nall, teann a nall, etc.*

Tha beul beusach mo ruin
    Cheart cho cubhraidh ri canal,
'S cait' an d-fhuaircadh an tuis
    Tha cho cubhraidh ri h-anal ?
        Seisd :—*Teann a nall, teann a nall, etc.*

Tha i finealt, gun sgraing,
    Tha i bandaidh 'na bruidhean,
Tha i gleusda 'na cainnt,
    Thar gach maighdean us nighean.
        Seisd :—*Teann a nall, teann a nall, etc.*

'S tric a rinn mi gu ciuin
  Cleasachd dluth ri mo leannan,
Ri goid phògan bho m' run,
  Null 'an duthaich nam beannan.
        Seisd :—*Teann a nall, teann a nall, etc.*

Sud dhut iomhaigh mo ghraidh,
  'An Lochàluinn tha fuireach,
'S thoir mo dhurachd gu brath,
  Null gu m' ailleagan lurach.
Seisd :—*Teann a nall, teann a nall,*
        Teann a nall ris an teallach,
        Ach ma dh-fhuiricheas tu thall,
        Fiach nach teann thu air falach.

Eilean Leodhais.

'S e so a' cheud amhran a sgriobh mi anns na
h-Innseachan.

Air fonn :—"*Fear a' Bhàta*."

Seisd :—

Eilean Leodhais, gur fada thriall mi
Bho d' bheanntan ard, ach cha d' rinn mi d' dhichuimhn ;
Ged tha na h-Innseachan clith 'g am chrionadh,
Cha treig mi chaoidh thu ged chlaoidh a'ghrian mi.

An t-eilean buadhach 's an d' fhuair mi m' àrach,
Thug mise speis dhut nach treig gu brath mi,
Tha tuinn a' chuain ri cuir bhuainn 'an trath so,
Ach ni mi 'n direadh gu tir nan armun,
      Seisd :—*Eilean Leodhais, gur fada thriall mi, etc.*

Cha toir mi luaidh air gach buaidh a dh-fhas ri
Do fhleasgaich shuairce 's do ghruagaich aluinn,
Na 'm bithinn gleusda cha-n fheud mi aicheadh
Nach seinninn rainn 's chuirinn loinn thar cach orr',
      Seisd :—*Eilean Leodhais, gur fada thriall mi, etc.*

Ach chuir an Leodach, an t-oigear ciatach,
An cliu 's am morachd 'an ordugh rianal,
B' e fhein am fiuran air cul pean-iaruinn,
Gu tir a dhuthcha 's a cliu chuir sios leis.
   Seisd :—*Eilean Leodhais, gur fada thriall mi, etc.*

Ma chi thu 'n t-òlach, cuir eolas dàn air,
Us faic an cuimhne leis oidhchean araid,
Bha sinn le cheil'—ach cha-n fheuch mi caite,
Ri mir us sugradh, 's ri smuideadh Gaidhlig.
   Seisd :—*Eilean Leodhais, gur fada thriall mi, etc.*

B' e sud am fonn thogadh sunnt air m' inntinn,
Nuair bha mi crion b' e mo mhiann a chluinntinn,
'S bho dh-fhas mi suas cha-n e fuath a chinn rium,
'S cha chinn gu siorruith gu 'm bliath a chill mi.
   Seisd :—*Eilean Leodhais, gur fada thriall mi, etc.*

Oir leam 's ro bhinn tha guth-cinn mo shinnsear,
Na dean-s' a dearmad, oir dhearbhainn fhein dhut,
Gur i a' chànan bha 'n Garadh Eden,
'S gur e thuirt Adhamh " Mo Ghradh " ri Eubha.
   Seisd :—*Eilean Leodhais, gur fada thriall mi, etc.*

'S e rinn mo leonadh, 's le bron mo chàradh,
'An laithean m' oige nach beo na cairdean,
Bha rium-sa caomh 's mi ro mhaoth 'na m' phaisde,
'S thug dhomh gaol, 's nach do thraoth gu bàs e,
   Seisd :—*Eilean Leodhais, gur fada thriall mi, etc.*

Mo run an triuir dh-fhag mi brùite, cianal,
'Am measg nam braithrean cha d' fhas cho ciatach,
Tha aon 's an uir aca, 's cuid 's an lionadh,
'S e shil mo shuil bhi le turs 'g an iargainn,
   Seisd :—*Eilean Leodhais, gur fada thriall mi, etc.*

Ro ghearr 'n an deigh-san gu 'n dheug gach pàrant,
Le cridhe brist' 's air am misneachd fhagail,
Oir taobh ri taobh tha mo chaoimh 'an càradh,
'S tha m' aigne trom leis cho lom 's a dh-fhas mi.
   Seisd :—

Eilean Leodhais, gur fada thriall mi,
Bho d' bheanntan ard ach cha d' rinn mi d' dhichuimhn;
Ged tha na h-Innseachan clith 'g am chrionadh,
Cha treig mi chaoidh thu ged chlaoidh a' ghrian mi.

Seonaid.

Air fonn :—" Roy's Wife of Aldivalloch."

Sheonaid dhonn nan gorm-shuil meallach,
Leat a shiubhlainn gleann us bealach,
    'S ged bhiodh tu, ruin,
    Fo fhearg a' Chruin,
'S tu fo na choill, gu 'n deanainn d' fhalach.

'S tric thu, ghaoil, gu fior air m' aire,
Fad na h-oidhch', 's mi deanamh faire,
    Ri meas gach buaidh,
    A dh-fhas ri m' luaidh,
Do 'n glainne snuadh na stuadh na mara.

Chuala mise, 's mi ro ghorach,
Uiseag chiuin ri seinn 's an smeorach,
    Ach ceol cho binn
    Ri ard ghuth-cinn
Mo ribhinn bhinn gur gann ri fheorach.

Sheol mi long gu iomadh cala,
'S chuir mi cuairt air beann us baile,
    'S cha-n fhaca riamh
    Bean seirc do sgiamh,
Do 'n gile cliabh na bian na h-eala.

Bliadhn' mhath ùr do 'n ùir 's do 'n talamh,
B' eibhinn leam na sleibhtean Ghallamh,
    'S gu tir mo ghaoil
    Gu 'n teid mi null,
Ged bhithinn gann us fann us falamh.

Fhleasgaich shuairc fo sgail nam beannan,
Thoir soraidh bhuam-sa do na gleannan,
    'S an tric air tùs,
    Bha mi gun turs,
Ri deanamh sugradh dluth ri m' leannan.

Cànan mo Ghaoil.

Air fonn :—"*Comhachag nan Craobh.*"

Gur cianal tha mì, ri 'g iargainn leam fein,
    Cho fada bho thir m' eolais,
Ri cuimhneachadh caoin air muinntir mo ghaoil,
    'S air eilean beag, caomh Leodhais ;
A dh-fhag mi bho thuath, nuair sheol mi gu truagh,
    Feadh bharcaich a' chuain bheucaich,
'S do 'n d-thug mise gradh nach caochail gu brath,
    'S nach diobair fo bhlaths greine.

Cha chluinn mi le m' chluais, fad astar mo chuairt,
    An comhradh bu dual dhomh-sa,
'S bu tric rinn mi sheinn gu finealta, binn,
    'An laithean gun fhoill m' oige ;
An comhradh gu dearbh leam fhein nach robh searbh,
    'S gu siorruith nach searg bhuam-sa,
'S gu 'n duinear mo shuil gu tosdach 's an uir,
    Bidh durachd mo ruin buan dhi.

Ach 's cianal an smuain ' thig orm-sa le gruaim,
  'Ga m' fhagail cho truagh, tùrsach,
'S nach mor nach sil deoir bho m' shuilean le bron,
  'S nach guil mi le leon bruite ;
Nuair smaoinicheas mi gu diomhar 'na m' chri',
  Gu 'm basaich an fhior chànan,
Mur cum i suas gu h-eudmhor le buaidh,
  'S le durachd bhios buan, brathrail.

Nach iomadh bean bhinn us oigear glan, grinn,
  Feadh linntinn gun chuimhn' aireamh,
Rinn briodal us gaol gu caoimhneil 's gu caomh,
  'An comhradh glan, caoin, Gaidhlig ?
'S co 'n saighdear a b' fhearr gu buanachadh blar,
  'S bu dileas na sàr Ghaidheal ?
Nach treigeadh gu brath guth binn nam beann ard,
  'S nach deanadh do namh geilleadh.

'S an tilg sinn air chul a' Ghaidhlig ghlan chiuin,
  Mar spruileach nach fiu faighneachd ?
Ged rainig i sinn feadh aireamh gach linn,
  Bho shinnsear bha caomh, caoimhneil ;
'S am bidh sinn 's gach àit 's an dàn dhuinn bhi tamh,
  Ni 's dillse d'ar gradh duthcha ?
Le treigsinn a' chainnt bha siobhalt, gun sgraing,
  'S an comhradh bha baind cubhraidh.

Nis eireamaid suas fadheoidh as ar suain,
  'S bho chuibhrichean chruaidh Beurla,
Toirt urram us gradh do chainnt nam beann ard,
  'A chainnt sin bha ghnath teuma ;
'S ri cheile bidh sinn ri bruidhinn gu binn
  'An Gaidhlig ro ghrinn, ghleusda,
'S bidh beannachd us gradh 'n ar teaghlach ri tamh,
  'S n' ar cois anns gach àit 'n teid sinn.

Steornabhagh Mhor a' Chaisteil.

Air fonn :—" *Slainte dhut, deadh shlainte dhut,*
   'S e slainte chuirinn as do dheigh."

Seisd :—*Steornabhagh, 's e Steornabhagh*
   Am baile 's boidhche leam fo 'n ghrein,
   Steornabhagh 's e Steornabhagh.

Steornabhagh mhor a' chaisteil,
   Baile 's modha th'air an t-saogh'l,
Ach co-dhiu is beag no mor e,
   'S ann d'a leoid is mor mo ghaol.
Seisd :—*Steornabhagh, 's e Steornabhagh, etc.*

Bha thu riamh cho briagha, boidheach,
   Ceart mar oighe laghach, ghrinn,
'S cuiridh mis' 'an ceil dhut oran,
   A bhios seolta blasd ri sheinn.
Seisd :—*Steornabhagh, 's e Steornabhagh, etc.*

Tha mi 'n drasda 'na mo shineadh
   Anns na h-Innseachan 's mi fann,
'S mi le *pencil* dubh ri sgriobhadh
   Sios gach ni a thig 'na m' cheann.
Seisd :—*Steornabhagh, 's e Steornabhagh, etc.*

I

Agus 's iomadh smaoin ro neonach,
    Agus ghorach, bhios gun tamh,
Ruith tre m' eanchainn fhein an comhnuidh,
    Null gu Steornabhagh mo ghraidh.
Seisd :—*Steornabhagh, 's e Steornabhagh, etc.*

Saolaidh mi gu 'n dearc mo shuilean
    Air gach cnoc us cuil us gleann,
'S ge do bhiodh mo shuilean duinte,
    Chi mi soilleir stuc nam beann.
Seisd :—*Steornabhagh, 's e Steornabhagh, etc.*

B' òg thug mise gaol us gradh dhut,
    Thar gach àit an ear 's an iar,
'S ged is cian bho rinn mi d'fhagail,
    Chaoidh cha-n fhalnaich dhut mo mhiann.
Seisd :—*Steornabhagh, 's e Steornabhagh, etc.*

Baile-mòr gun chron, gun fhiaradh,
    Ris 'm bu mhiann leam fhein bhi dluth,
Anns am faighte gillean fiallaidh,
    'S nioghnagan 'bu chiataich cliu.
Seisd :—*Steornabhagh, 's e Steornabhagh, etc.*

Boidich laghach, caillchean caoimhneil,
   Maighdeanan 'bu bhriagha sgiamh,
Oganaich 'bu dual bhi aoidheil,
   'S anns nach d' fhuaireadh foill a riamh.
Seisd :—*Steornabhagh, 's e Steornabhagh, etc.*

'S iomadh oidhche chridheil, ghorach,
   Chaith mi comhla ris na suinn,
Ris na nioghnagan 'bu bhoidhche,
   'S do 'm bu dual bhi doigheil, grinn.
Seisd :—*Steornabhagh, 's e Steornabhagh, etc.*

'S tric a shiubhal mi do shraidean,
   'S och, bu shraiceil (?) bhiodh mo cheum,
Mas do dh-fhas mi odhar, grannda,
   Le bhi tamh fo theas na grein.
Seisd :—*Steornabhagh, 's e Steornabhagh, etc.*

'S lionmhor feasgar soilleir samhraidh,
   Rinn mi sealltuinn air gach bàt,
Bhiodh ri seoladh mach a m' annsachd,
   Nuair bhiodh sgadan teann do 'n bhàgh.
Seisd :—*Steornabhagh, 's e Steornabhagh, etc.*

'S nuair a dhuisginn anns a' mhaduinn,
   Gu 'm b'e sealladh maiseach leam,
Bhi 'g am faicinn lan de sgadan,
   'N an ruith dhachaidh bharr nan tonn.
Seisd :—*Steornabhagh, 's e Steornabhagh, etc.*

O, b'e sud an sealladh eibhinn,
   Bheireadh geilleadh air gach bròn,
Bhi 'g am faicinn ruith 's a' leumnaich,
   'S cop ag eiridh ris gach sroin.
Seisd :—*Steornabhagh, 's e Steornabhagh, etc.*

Cait am facas bàgh cho aluinn
   Ris a bhàgh mu 'm bheil mi seinn?
Ni-mò fhuaireadh port cho sabhailt,
   Anns gach gàbhadh chruaidh us teinn.
Seisd :—*Steornabhagh, 's e Steornabhagh, etc.*

Nuair a b' abhaist dhomh cuir cul riut,
   Dol do dhuthaich dhubh nan Gall,
'S tric le deoir a shil mo shuilean,
   Fagal tir mo dhurachd thall.
Seisd :—*Steornabhagh, 's e Steornabhagh, etc.*

Ach nuair thigeadh àm dhomh tionndadh,
    Null a dh-ionnsuidh tir an fhraoich,
O, gur mi bhiodh cridheil, sunntach,
    Falbh a null gu fonn nan laoch.
Seisd :—*Steornabhagh, 's e Steornabhagh, etc.*

'S nuair a ruiginn Gob na Càbaig,
    Air bord bàta mor na smuid,
Bhiodh mo chridhe leum 'an airde,
    Dol a steach do bhàgh mo ruin.
Seisd :—*Steornabhagh, 's e Steornabhagh, etc.*

'S chi mi fhathast fallain, slàn thu,
    Ma tha 'n dain dhomh fhein bhi beo,
'S ged bu bhas dhomh—sud ort slainte,
    Thir mo ghraidh le gradh gun ghò.
Seisd :—*Steornabhagh, 's e Steornabhagh*
       Am baile 's boidhche leam fo 'n ghrein,
       Steornabhhgh, 's e Steornabhagh.

An Searmon Fada.

Air fonn :—" *An Claigionn.*"

A' CHEUD CHEANN.

Ged nach ministir mì,
Ach fear aingidh gun bhrigh,
   Bheir mi rabhadh beag fior do 'n t-sluagh ;
Mu na cumhnantan gràis,
A bhios seasmhach 's gach càs,
   'S air nach urrainn am bas toirt buaidh.

Chuirinn cagar 'na d' chluais,
Air cho faoin 's a tha 'n duais,
   Bheir an saoghal do 'n t-sluagh 's leis fein ;
'S air cho mealltach 's cho faoin,
A tha morachd us maoin,
   A theid seachad mar aolach bhreun.

Na bi sanntach air òr,
No air urram us gloir,
   A theid seachad mar neoil nan speur ;
Oir cha dean iad dhut stàth,
Ann am breislich an là,
   Bhios a' pianadh le craidh ro gheur.

Ciod is fhiach dhut do dhreuchd,
Gu cuir plasd air no chreuchd,
  Nuair a lotas an eug goirt thu?
'S an dean buadhan a dh-fhas
Riut do shaoradh bho 'n bhas,
  No 'n dean cumhachd, no aillt, no cliu?

Lomnochd bha thu air tùs,
'Na do naoighean gun lùghs,
  Air bheag curam do chuis fo 'n ghrein ;
S' lomnochd tillidh tu null,
'S theid do charadh 's an toll,
  'S nach tog piobarachd fonn ort fein.

Cha bhi tiodhlac 'na d' laimh,
Gu do shaoradh bho 'n namh,
  Bhios ri cagnadh do chnamh 'n an smuir
'S theid gach gibht agus buaidh,
Bun os ceann anns an uaigh,
  'S tu 'na d' shineadh trom, fuar fo'n uir.

Cha dean nì dhut car feum,
Mur do ghabh thu deadh ghreim,
  Air a' charraig nach geill 's an stoirm ;
'S mur do dh-fhiach thu le run,
Bhi ri lubadh do ghluin,
  Ann an urnuigh gu dluth ri gairm.

Cha bhi didean dhut ann,
Mur do chreid thu 's a Chrann,
 Air na cheusadh le clann nan daoin',
Iobart ionmhuinn Mhic Dhe,
Do na bhas a bha reith,
 Chum bhi tearnadh le ' chreuchdan caoin.

Seadh, gu tearnadh gach aon
De chlann aingidh nan daoin',
 A ni tionndadh bho fhaoineachd fein ;
Gu bhi sirreadh gu dluth,
Airson oighreachd nach muth,
 Nuair a mhuthas gach duil fo 'n ghrein.

Tog do shuilean gu neamh,
Agus beachdaich gu seimh,
 Air gach rionnag 's an speur tha snamh ;
'S iad ag imeachd gu buan,
Tre neo-chriochnachd a' chuain,
 'S ri seinn orain do 'n Uan gun tamh.

Gabh 'na d' inntinn a steach
Dealradh sgiamhach an dreach,
 'S iad ri boillsgeadh cho dreachmhor ciuin ;
Agus smuainich gu geur,
Co a chruthaich an speur,
 A reir innleachd us meud a ruin.

O, nach ghormhor tha Dia,
Thar gach breithimh us triath,
   'S co a dh-fhoillsicheas sgiamh a ghnuis!
'S co an righ a bha riamh
Cosmhuil idir an gniomh,
   Ris an Righ tha gun chrioch, gun tùs!

Faic a' ghealach 's a ghrian,
'S iad ri dealradh gu dian,
   Mar bha 'n ordugh bho chian an rèis ;
Air bheag osnaich no sgios,
Ri toirt urram us cìs,
   Do na Righ chuir gach nì air ghleus.

Dearc gu geur air gach taobh,
Agus beachdaich gu caomh,
   Air an t-solus ri taomadh nuas ;
Mar gu 'm biodh iad gu seimh,
Ann an curtaibh nan neamh,
   Le mor dheadh-ghean 'g ar smeideadh suas!

O, nach ghormhor gu dearbh
Tha na realtan?—'s nach searbh
   Iad bhi dhuinne gun tairbh, gun bhrigh ?
Ceart mar chreutairean dall,
Air ar reusan a chall,
   Leis a' pheacadh a mheall ar cri'.

AN DARA CEANN.

Teichidh iadsan a null,
'S theid gach aon ac' air cul,
   Dh-aindeoin dealradh us muirn an gloir ;
'S mar a leigheas neach ceir,
Loisgear suas iad gu leir,
   Ann an lasraichean geur, ro mhor.

Mar shean aodach gun mheas,
Theid gach duil as le teas,
   A bhios teinnteach gu sgrios gach nì ;
'S bidh na lasraichean garg
Sputadh eibhlean ro dhearg,
   Air an seideadh le fearg an Righ !

Bidh na neamhan fo thùrs,
'S caillidh reultan an cùrs,
   Air am b' abhaist dhoibh stiuradh reith ;
'S bidh a' ghealach 's a' ghrian
Air an luasgadh gu dian,
   'S iad air bhall-chrith 'am fianuis Dhe !

Bidh an saoghal le fuaim
Ri cuir daoine fo ghruaim,
   'S ri dol seachad gu luath, mar cheo,
'S teichidh eilean us gleann,
Le mor uamhann nach gann,
   Gus nach faicear iad ann ni's mò.

Buailidh reultan nan speur
Brais ri cheile gu geur,
  Gus an teid iad gu leir 'n an smuir ;
'S cluinnear trompaid 's na neoil,
A ni dusgadh gach feoil,
  Gus an eirich iad beo bho 'n uir.

Tuitidh Burmaid 's a chuan,
'S eiridh suas as an suain,
  Chuid a bhàthadh 's a chuan bho chian ;
Cuid gu urram us gloir,
Agus aoibhneas ro mhor,
  'S cuid gu mulad us doruinn dhian.

Air luchd foirneart us foill
Thig gach mallachd a thoill,
  'S cha dean glaodhaich no caoidh dhoibh feum ;
'S cha bhi falach air lochd
Neach a sharuich am bochd,
  Nuair a nochdar gach lochd us beum.

Air na h-uachdarain chruaidh,
Tuitidh mallachd an t-sluaigh,
  'S gheibh iad peanas us duais an gniomh ;
'S bidh na cealgairean breun,
Fiachainn falach dhoibh fein,
  'S iad air imcheist le meud am fiamh.

Ceart mar chrionach gun bhrigh,
Bidh slat-rioghal an righ,
  Oir 's co-ionnan an righ 's an traill ;
'S thig na sloigh uile cruinn,
Gu bhi faotainn am binn,
  As gach duthaich, gach linn, 's gach àl.

Tuitidh Babilon mhor,
'S teichidh sgiamhachd a gloir,
  Airson meudachd a neoghlain fein ;
'S bidh Bhean-Scarlaid fo chìs,
Air bheag urram no prìs,
  'S fagar lomnochd an t-striopach bhreun.

AN TREAS CEANN.

Foisglear uinneag 's an ear,
'S bheir gach creutar fainear,
  Le mor gheilt air gach fear a chi ;
Faicinn caithir gheal, mhor,
A bhios greadhnach gu leor,
  Dealradh soilleir le gloir an Righ.

An Righ cumhachdach, treun,
Thar gach righ tha fo 'n ghrein,
  Ni e dealradh 'an dreuchd a ghloir ;
'S bheir e breith air gach aon
De chloinn aingidh nan daoin',
  A reir ceartas a naomhachd mhor.

Co a fhuaireadh a riamh,
Ann am focal no gniomh,
  Cho beag cagal no fiamh do ghnàth?
'S co am firean bho thus
Bha cho ceart anns gach cuis,
  'S a ni scalltuinn 'na ghnuis gun sgàth?

De chloinn aingidh nan daoin',
Riamh cha d-fhuaireadh a h-aon,
  Bha cho iomlan 's cho naomh 'n a ghnè;
'S cha bhi didean dhoibh ann,
Ach amhain anns a' Chrann,
  Air na chrochadh gu teann Mac Dhè.

Bidh bogh-froise m' a cheann,
Bho 'm bidh dealradh nach gann,
  'S bidh na seanairean teann ri thaobh;
Ri toirt umhlachd do Dhia,
Tha cho mor thar gach triath,
  'S ri seinn orain le briathran naomh.

'G eubhachd:—"Moladh do Dhia,
Agus urram do 'n Triath,
  Do 'm bidh sinne gu siorruith dluth;
A thug sinn as gach càs,
Eadhon geimhlcan a bhais,
  Gu bhi moladh gu brath a chliu.

"Gloir us urram gu buan
Gu 'n robh siorruith do 'n Uan,
  A shaor sinne bho 'n uaigh le ghaol ;
Seadh, do 'n Athair araon,
'S d'a Mhac ionmhuinn ro chaoin,
  Gu 'n robh urram gu saogh'l na saogh'l."

Chithear leabhar ro mhor
Ann an laimh Righ na gloir,
  'S bidh an leabhar le bordaibh teann ;
Dùint' le sculaichean cruaidh,
Air nach fheudar toirt buaidh,
  'S cha bhi aon neach gu fhuasgladh ann.

No air talamh no neamh,
Cha bhi firean cho seimh,
  No cho iomlan 's gu 'm feud a shuil
Dearcadh idir air brigh
Domhain, diomhar gach nì,
  A tha sgriobhta le Righ nan dùl.

Gus am faicear an t-Uan,
Do 'm buin cumhachd gu buan,
  A bha marbh 's a tha buadhach, beo ;
'S fosglaidh esan gach seul,
Aon an deigh a cheil',
  'S gach ni falaicht' bha sculaicht' leo.

Bheir e breith air na daoin',
A reir oibribh gach aon,
  'S theid na gobhraibh air taobh leo-fhein ;
Gu bhi faotainn an duais,
Mar a thoill iad le 'n cruas,
  'S le 'n cuid neoghlan us uabhar bhreun.

O, gur cruaidh bhios an càs,
Gus am miann leo am bàs,
  Ach 's ann theicheas am bàs bho 'n gnuis ;
'S theid an tilgeadh gu leir
Ann an lasraichean geur,
  Mar bha 'n ordugh dhoibh fein bho thus.

Mar do ghabh iad gu saor
Am Fear-saoraidh—gur daor
  Agus diomhain bhios glaodh an t-sluaigh ;
Oir chaidh seachad a chaoidh
Àm bhi 'g eisdeachd an caoidh,
  'S cha bhi crioch air an claoidh ro thruagh.

Oir ged eubh iad gu teann,
Air gach eilean us beann,
  Airson falach an ceann fo 'n uir ;
Cha dean sin dhoibh car feum,
Oir bidh beanntan 'n an leum,
  'S iad ri losgadh gu geur 'n an smuir.

AN CÓ-DHUNADH.

Their am Breithimh le gruaim :—
" Teichibh, imichibh bhuam,
   Sios do dhoimhneachd a' chuain nach traigh ;
A chaidh ullachadh dian,
Air an son-san bho chian,
   A rinn dimeas air meud mo ghraidh.

" Reinn sibh tarcuis us tair
Air mo lagh-sa—'s cha b' fhearr
   Leibh toirt urram no gradh do m' reachd ;
Agus dhiult sibh an t-Uan,
Do 'm buin urram gu buan,
   Ach bha dhuibh-se gun bhuaidh, gun tlachd.

" Mar a dh-aicheaidh sibh Criosd,
Ri toirt urram do 'n Bhiasd,
   'S nach do ghairm sibh air Dia le gradh,
Biodh bhur breitheanas buan,
Ann an doimhneachd a' chuain,
   Air nach faighear 's nach d-fhuaireadh traigh."

'S ann 'an sin bhios an glaodh,
Dol 's an fhairge nach traoth,
   'S iad gun dochas ri saorsa chaoidh ;
'S cha bhi leasachadh ann,
Air an amhghair nach gann,
   Bhios le lasraichean teann 'g an claoidh.

Ach 's e their E gu caomh,
Ris na fireanaibh naomh :—
  "Thigibh thugam, gach aon de 'n dream,
A ruith direach a reis,
Do mo reachd a thug speis,
  'S le fuil Chriosd a rinn reite rium.

"Bha sibh dileas car uin,
Le bhi lubadh bhur gluin,
  Ann an creidimh 's an umhlachd reith ;
'S mar sin gheibh sibh bhur duais,
Anns na neamhan ud shuas,
  Ann an có-chomunn buan Mhic Dhe.

"Ann am beagan de nì,
Bha sibh dileas do 'n Righ,
  Gun bhi dearmad bhur tim 's an fheoil ;
'S mar sin, thigibh, mo chlann,
Gu mor oighreachd nach gann,
  Do 'm bidh Criosda mar cheann 's na neoil.

"Thigibh, seilbhichibh buan,
Oighreachd shaoibhir an Uain,
  Air a' Bhas a thug buaidh le ' bhàs ;
'S a rinn eiridh bho 'n uaigh,
Le mor chumhachd us buaidh,
  Chum bhur saoradh-se buan tre ' ghràs."

          K

Theid iad so suas do neamh,
Gu bhi siorruith gu seimh,
   Ri seinn orain gu h-eudmhor, caomh ;
'S theid iad sud sios do 'n chuan,
A bhios oillteil gu buan,
   Ri toirt toibheum do 'n Uan ro naomh.

Bidh na h-uile ni nuadh,
Gun bhi caochladh an snuadh,
   Seasmhach, daingeann gu buan 's gu beo ;
'S cha bhi deireadh no ceann,
Air an solas nach gann,
   'S cha bhi aimsirean ann ni's mò.

O, nach sinne tha dall,
Air ar reuson a chall,
   Ceart mar bhruidean cho gann de cheil ;
Ri cuir meas air an sgail,
A theid seachad gun dail,
   Seach a' charraig gu brath nach geil.

Thigibh, bitheamaid treun,
Ach cha-n ann 'n ar neart fein,
   Ri cuir aingidheachd bhreun air cul ;
Gu bhi togail ar cri',
Bho gach faoineachd gun bhrigh,
   Chum gu 'n seilbhich sinn Righ nan dul !

Dòdhul agus Mairi.

(Sgeulachd gaoil agus broin.)

(Faic taobh-dulleig 211.)

Air fonn :—" Seinn eibhinn, seinn eibhinn."

Och, gur cianal a thà mi,
   'S mi air m' fhagail gun bhrigh,
Le bhi 'g ionndrainn an armuin,
   A rinn craiteach mo chri' ;
Am fior oganach uasal,
   A thug bhuam-sa mo chlith,
'S bho 'n la sheol e air cuaintean,
   A rinn gruamach, goirt mi.

Cridhe fallain gun fhiaradh
   Ann an cliabh geal mo ghraidh,
Nach toir michliu gu siorruith
   Air fuil chiatach an aigh ;
Do 'm bu dual a bhi laidir,
   Mar bha gairdean nan laoch,
A bha riamh air an arach,
   'An tir aluinn an fhraoich.

Gaidheal calma, gun bheud air,
  Fo chuid eideadh ro ghrinn,
Trusgan sgiamhach an fheilidh,
  Do 'm bu treubhanta loinn ;
Le chuid chalpanan dumhal,
  Fo chuid ghluinean bu ghrinn,
'S bodhaig dhireach, gun chrubadh,
  Do 'm bu mhuirniche sgoinn.

Sealladh finealt ro bhoidheach,
  Foinnidh, solasach, caoin,
Nadur siobhalt, gun mhorchuis,
  Nach robh gorach no faoin ;
Suilean soilleir, gun fhiaradh,
  Aghaidh chiallach ro chiuin,
Fo chul bachlagach, sgiamhach,
  Sud dhut iomhaigh mo ruin.

Tha fuil chraobhach nan Gaidheal,
  A bha treun anns gach càs,
Ruith tre chuislean a chleibhe,
  Nach dean geilleadh gu bàs ;
Anns gach cunnart us cruadal,
  Bidh mo luaidh-sa gun tamh,
Guineach, geur, gu cuir fuadach,
  'S gu toirt buaidh air gach namh.

Saighdear seasmhach nach diobair,
   'S nach dean dichuimhn gu brath,
Air fuil ainmeil a shinnsear,
   Nach biodh striochdadh do chach ;
'S mar is dana bhios naimhdean,
   'S mar is oillteil bhios blàr,
'S ann is airde bhios' inntinn,
   Chum an claoidheadh gu làr.

Nuair thig Dòdhul do dh-Albainn,
   Le feachd armachd a' Chruin,
Gu 'n dean eunlaith na talmhainn
   Moran seirmeachd gu ciuin ;
Bidh a' chubhag 's a' smeorach,
   Cridheil, seolta ri seinn,
'S bidh an uiseag bheag, ghorach,
   Gabhail oran gu binn.

'S och, gur mise bhios eibhinn,
   Nuair thig m' eudal ri 'm thaobh,
Gu bhi 'g imeachd na sleibhtean,
   Dol le cheile gu caomh ;
Cha bhi iomradh no cuimhne,
   Air na chlaoidh sinn le bron,
'S teichidh tursa do 'n doimhne,
   'S bidh sinn aoibhneach mar eoin,

     *   *   *   *

B' e sud oran na maighdein,
　'S i 'g a chaoidh-san gu ciuin,
Chaidh an comhail nan naimhdean,
　Mar dheadh shaighdear fo 'n Chrun ;
'S i gun chluinntinn mar dheirich
　Do 'n fhear threun ud bu ghrinn,
A bha sìnte gun leirsinn,
　Air bheag eifeachd no sgoinn.

Ach mo thruaighe, 's mo dhòruinn,
　Gur ro bhronach ri inns',
Ann an sgeulachd no oran,
　Mar bha 'n orduighte dhi-s' ;
'S mar a dheirich d' a leannan,
　Do 'm bu charthannaich faoil,
Fad bho dhuthaich nam beannan,
　'S fad bho leannan a ghaoil.

Oir chaidh urchair a gunna
　Steach gu guineach tre' chliabh,
'S chaidh ' each-cogaidh a shineadh
　Marbh, gun bhrigh, air an t-sliabh ;
Bha 'n fhuil chalma bu chraobhaich,
　Air a taomadh gu lar,
'S thuit e sios air an aonach,
　'S chaidh a chaochladh gu gearr.

*　　　*　　　*　　　*

Nuair a chual i an sgeul ud,
　　Bha i reubta le bron,
Ni-mò fhuaireadh le leighean
　　Leigheas-cucail d' a leon ;
Theich gach aoibhneas gu buileach,
　　Le meud tuireadh us caoidh,
'S shearg i as mar an duileach,
　　Le mor mhulad 'g a claoidh.

Ged bha rughadh 'na gruaidhean,
　　Cha b' e snuadh sin bu nòs,
Ach am fiabhrus 'na buadhan,
　　A rinn ruadh i mar ròis ;
'S ged bha 'n ainnir bu chiuine,
　　Air a ciurradh gu bàs,
Dh-fhuirich sgiamhachd a gnuise,
　　Dh-aindeoin ciurradh us càs.

Cha d' chuir laithean no miosan
　　Plasd a riamh air a creuchd,
Ni-mò fhuaireadh an triath sin,
　　Dh-aindeoin meudachd a dhreuchd,
Bheireadh solas d' a h-inntinn,
　　Le mor oighreachd no stàt,
Oir cha phosadh a mhaighdean
　　Duine saoibhear 'na àit.

Bha i ghnath air a pianadh
  Le mor chianalas trom,
'S an leann-dúbh air a lionadh,
  'S air a crionadh gu crom ;
Ach ged dh-fhag sud gu balbh i,
  Air bheag seirmeachd car ùin,
Tamull beag mas do dh-fhalbh i,
  Rinn i marbhrainn d' a run :—

MARBHRAINN DHÒDHUIL.

Air fonn :—"*MacGhriogair bho Ruaruith.*"

Cha tig Dòdhul do dh-Albainn,
  Cha tig m' earb-sa ri m' thaobh-sa,
Chaoidh air uachdar na talmhainn,
  Gu brath cha-n fhalbh mi le m' chaomh-sa.

Gu brath cha-n fhalbh mi le m' chaomh-sa,
  Air feadh aonach no sleibhe.
'S ann is dual dhomh gu daonan,
  Bhi gul 's a' caoineadh mo cheud-ghradh.

Bhi gul 's a' caoineadh mo cheud-ghradh,
  Rinn mo leireadh le tursa,
'S a thug bhuam-sa mo leirsinn,
  'S a dh-fhag fliuch, deurach mo shuilean.

A dh-fhag fliuch, deurach mo shuilean,
  Caoidh an fhiurain bu treuna,
Dh-fhalbh bho gharbhlach a dhuthcha,
  Dol null gu duthchanan ceine.

Dol null gu duthchanan ceine,
  Dh-fhalbh mo cheud-ghradh gu sunntach,
Ach fo dhian-theas na greine,
  Gur trom tha m' eudal 'na shìneadh.

Gur trom tha m' eudal 'na shìneadh,
  Fad bho' dhillseachd 's bho chairdean,
Fad bho dhuthaich a shinnsear,
  Gur lag, gun chlith, tha e 'n càradh.

Gur lag, gun chlith, tha e 'n càradh,
  Dh-aindeoin ardachd a threunachd,
Dh-aindeoin calmachd a ghairdeain,
  Gu 'n thuit a lamh lag, gun eifeachd.

Gu 'n thuit a lamh lag, gun eifeachd,
  'S air bheag feum air cùl claidheamh,
'S thraigh bho chuislean a chleibhe,
  'N fhuil bhlath 'bu treuna 's bu daingeann.

'N fhuil bhlath 'bu treuna 's bu daingeann,
  Och, gun chaitheadh air lar i,
Fad bho dhuthaich nam beannan
  'S cho fad bho' leannan bhochd, Mairi.

Fad bho' leannan bhochd, Mairi,
  Bha mo ghradh-sa ri caochladh,
Fad bho phiuthar 's bho mhathair,
  Bha 'n fhior fhuil bhlath sin ri taomadh.

Bha 'n fhior fhuil bhlath sin ri taomadh,
  Ach mo chaomh-sa, 'na d' dheigh-sa,
'S gearr an ùin gus an caochlaidh,
  'S, a ghraidh, 'na d' ghaol-sa, gu 'n eug mi.

A ghraidh, 'na d' ghaol-sa gu 'n eug mi,
    Do bhrigh meudach mo dhoruinn,
Oir 's an duslach, gun leirsinn,
    Gur gearr gu 'n steidhear fo 'n fhòd mi.

Gur gearr gu 'n steidhear fo 'n fhòd mi,
    Ach, a Dhòdhuil, ged steidhear,
Bidh mo spiorad 'an comhnuidh,
    Ag iarraidh comhla ri m' eudal.

Ag iarraidh comhla ri m' eudal,
    Seadh, 's ma dh-fheudas tu tionndadh,
Teich air sgiathaibh nan speuran,
    Us teann le deadh-ghean do m' ionnsuidh.

Us teann le deadh-ghean do m' ionnsuidh,
    'S chi thu 'g eiridh gu direach,
Giubhas garbh us craobh sheillich,
    Os ceann mo leac-sa ri direadh.

Os ceann mo leac-sa ri direadh,
    Giubhas fiorghlan mo cheud-ghradh,
Agus seilleach mo shinnsear,
    Le 'n geugan sniomhta mu cheile.

Le 'n geugan sniomhta mu cheile,
    Oir cha-n fheudar gu'm basaich
An gaol seasmhach, buan, beusach,
    Thug mis' us m'eudal 'n ar paisdean.

       *   *   *

Bha c criochnaicht !—oir bhasaich
  An oigh mhalda, ghlan, ghrinn,
'S anns an uaigh chaidh 'an càradh,
  Bean a b' aillte de ' linn ;
A' ghnuis fhinealt, gun ghruaimcan,
  Dh-fhas i duaichnidh, gun tùr,
'S am beul beusach ' bu shuairce,
  Shearg c fuar anns an ùir.

'S iomadh suil a bha deurach,
  Air an leireadh gu truagh,
Air an la sin a steidheadh
  A bhean bheusach 's an uaigh ;
Deanamh tuireadh, gun aoibhneas,
  Do'n fhior mhaighdean a thriall,
'S ri toirt luaidh air a caoimhneas,
  'S air mor shaoibhreas a ciall.

Ach gle ghoirid 'an deigh sin,
  Suas gu'n d-eirich dà chraobh,
Giubhas meanglanach, geugach,
  Scilleach deurach ri thaobh ;
Aig a h-uaigh-sa gu'n d-fhas iad,
  Far robh Mairi fo'n fheur,
Agus sgaol iad gu blathmhor
  Suas air airde nan speur.

Rinn na h-eoin nid 'n an geugan,
　　Anns a' Cheitean gheal, bhlath,
'S bhiodh an sneachda mar eideadh
　　'Na àm fein orra tamh ;
Bhiodh an duileach gu dosrach,
　　Gu'n bhi frasadh gach bliadhn',
Ceart mar shamhla 's mar choslas,
　　Air gaol seasmhach nach crion.

Ach b'e mhiorbhuil 'bu neonaich,
　　Thar gach comhradh us sgeul,
Gu'm biodh Mairi us Dòdhal
　　Suibhal comhla ri cheil ;
Oir 'an drasda 's a rithist,
　　Ann am meadhon na h-oidhch',
Chit' an iomhaigh 'n an dithist,
　　Ceart mar chitheadh neach taibhs.

Chiteadh Dòdhul air steud-each,
　　Claidheamh gleusda 'na laimh,
Agus Mairi le eideadh,
　　Geal mar eudach bean-bainns' ;
Chromadh Dòdhal d'a h-ionnsuidh,
　　Deanamh tionndadh gu caomh,
'S chit' an cupull a b'annsaidh,
　　Null's a nall, taobh ri taobh.

Suas us sios air an t-slighe,
  Chit' an dithist gun uaill,
Gaol ri lionadh an cridhe,
  Mar bu dligheach 's bu dual ;
Gu àm sgaireadh nan sgailean,
  Bhiodh iad gradhach us caoin,
Siubhal ciuin mar a b' abhaist,
  Gun bhi straiceil no faoin.

Ach aig briseadh na faire,
  Nuair bhios coillich ri gairm,
Bheireadh iadsan deadh aire,
  Air bheag farum no foirm ;
Chluinnte sitrich an steud-eich,
  Air an reidhlean ud thall,
'S dheanadh Dòdhul grad leum air,
  Dol as leirsinn air ball,

Ann am priobadh na sula,
  Ann an uin gu ro ghearr,
Rachadh Mairi a shughadh
  Sios tre ùrlar a bhlair !
'S airson iomadach bliadhna,
  Chuirt' air dichuimhn a' chuis,
'S air feadh aimsirean ciana,
  Cha-n fhaicht iomhaigh an gnuis.

Ach air oidhch-eigin araid,
　　Chiteadh sgail mar bu nòs,
'S mar bu nòs, chiteadh Mairi,
　　Mar bhean aluinn nuadh-phosd ;
'S mar a b' abhaist 'an comhnuidh,
　　Theannadh Dòdhul ri taobh,
'S ann an comunn us comhail,
　　Bhiodh iad comhla gu caomh.

Co mar sin nach biodh dileas
　　Do thir riomhach nam beann,
Do gach leannan us ribhinn
　　Bhios ag imeachd nan gleann?
'S cait an d-fhuaireadh a' ghruagach,
　　Do 'm bu dual a bhi caoin,
Nach bidh seasmhach gu suairce
　　Le gaol uasal nach claon !!

Ghoid iad bhuam thu.

Air fonn :—" *Mhali dhubh ohù ohò.*"

Seisd :—*Ghoid iad bhuam thu, ghoid iad bhuam,*
 Ghoid iad bhuam thu aon uair,
 Ach a chaoidh gu suthain, buan,
 Cha ghoid iad bhuam-sa rithist thu.

'An Calcutta mhor nam bùth,
Thachair orm gu dearbh an cù,
A ghoid bhuam mo chuid gun fhiu
 Cho tursach, trom, 's a bhithinn-sa.
Seisd :—*Ghoid iad bhuam thu, ghoid iad bhuam, etc.*

Ghoid am mearlach dubh gun bhaigh,
Ghoid e bucas beag mo ghraidh,
'S dh-fhag e mise caoidh le craidh
 An t-ailleagan 'bu ghrinne leam.
Seisd :—*Ghoid iad bhuam thu, ghoid iad bhuam, etc.*

'S iomadh seorsa bha 'na d' bhroinn,
Do 'm bu bhoidhche dreach us loinn,
Nithean neonach 's moran bhoinn,
   A rinn mi cruinn a chruinneachadh.
Seisd :—*Ghoid iad bhuam thu, ghoid iad bhuam, etc.*

Marbhaisg air an t-salchair bhreun,
Bhrist a' ghlas bha daingeann, treun,
Glas nach fosgladh fear fo 'n ghrein,
   'Na mhearlach breun ged bhitheadh e.
Seisd :—*Ghoid iad bhuam thu, ghoid iad bhuam, etc.*

'S ann bha 'n iuchar dh-fhosgladh tu,
'Na mo phocaid achlais dluth,
Nuair a bhual 's a bhrist an cù
   A' ghlas bha duinte, ceangailte.
Seisd :—*Ghoid iad bhuam thu, ghoid iad bhuam, etc.*

Null 's a nall thar cuan us tuinn,
'S iomadh bliadhna shiubhal sinn,
'S tusa, ghraidh, cho aluinn, grinn,
   Ri cumal cruinn mo litrichean.
Seisd :—*Ghoid iad bhuam thu, ghoid iad bhuam, etc.*

Ach mo chreach, mu dheireadh thall,
Ghoideadh thu le bruid de Ghall,
'S dh-fhag thu mise caoidh do chall,
    Gun fhios dè 'n toll 's na chuir iad thu.
Seisd :—*Ghoid iad bhuam thu, ghoid iad bhuam, etc.*

'S bochd nach b' urrainn dhut toirt glaodh,
Nuair a chaidh an traill 'na d' ghaoth,
'S cha b' ann aon-chuid mall no maoth,
    Ach grad ri d' thaobh a bhithinn-sa.
Seisd :—*Ghoid iad bhuam thu, ghoid iad bhuam, etc.*

Bhrist am balgair mosach thu,
'S ghoid e 'n t-airgiod bha 'na d' bhrugh,
'S thilg e bhuaith thu air bheag fiu,
    Mar ni nach b' fhiu leis bruidhean air.
Seisd :—*Ghoid iad bhuam thu, ghoid iad bhuam, etc.*

'S nuair a fhuair mi thu fadheoidh,
Brist us buailt air iomadh doigh,
Dh-fhas mi cheart cho binn ri oigh,
    Ri seinn deadh oran milis dhut.
Seisd :—*Ghoid iad bhuam thu, ghoid iad bhuam, etc.*

L

Seadh, 's gu 'n càraich sinn gun dail
Taobh mo ghaoil a bhrist an traill,
'S triallaidh sinn a null thar sàl,
   Gu tir mo ghraidh 's mo chridhe-sa.
Seisd :—*Ghoid iad bhuam thu, ghoid iad bhuam,*
       Ghoid iad bhuam thu aon uair,
       Ach a chaoidh gu suthain, buan,
       Cha ghoid iad bhuam-sa rithist thu.

'S Mise nochd tha Sunntach.

Air fonn :—" *Ghillean, bithibh sunntach*
A null air a 'voy'ge."

Seisd :—*'S mise nochd tha sunntach*
    A null dol a sheoladh,
    Ri fagal nan Innsean,
    Gu rioghachd nam mor-bheann.

Tha 'n long cho ùr gun bheud orra,*
Cho grinn 's a chualas sgeul orra,
Mar nighean bhriagha Ghaidhealach,
    Fo h-eideadh glan, gun sgòid air.
Seisd :—*'S mise nochd tha sunntach, etc.*

Air turus tùs a cuairteachaidh,
Gur aotram, luath, a ghluaiseas i,
Ri sgapadh thonn mu 'n cuairt orra,
    Gu tir nan gruagach bhoidheach.
Seisd :—*'S mise nochd tha sunntach, etc.*

---

* Last year the author was unexpectedly recalled to India for
a brief period, when this and the two following songs were written.
He returned in the P. & O. ship *India*, the largest ship that ever
crossed the Indian Ocean. She was on her maiden voyage too, and
hence the allusions in this song.

Ma bhios am Freasdal trocaircach,
Gur mi bhios sunntach, solasach,
Nuair chi mi baile Steornabhaigh,
 A b' òg a b' aithne dhomh-sa.
Seisd :—'*S mise nochd tha sunntach, etc.*

B 'e sud an tir a ghradhaich mi,
'S a riamh bha sgiamhach, aluinn leam,
'S an cluinnte cainnt mo mhathar leam,
 'S an tir a dh-araich òg mi.
Seisd :—'*S mise nochd tha sunntach, etc.*

Ged sheideadh gaoth gu buaireasach,
Le gàbhadh mor 'g ar cuairteachadh,
'S ged bhiodh na tuinn ri nualanaich,
 Gu 'n cum sinn tuath an t-sroin aic' !
Seisd :—'*S mise nochd tha sunntach, etc.*

Oir stiuraidh sinn gu direach i,
Gu 'n ruig sinn tir ar sinnsearachd,
'S gu 'm bidh sinn daingeann, firineach,
 Do thir nan gleann 's nam mòr-bheann.
Seisd :—'*S mise nochd tha sunntach,*
  A null dol a sheoladh,
 Ri fagail na h-Innsean,
  Gu rioghachd nam mor-bheann ;
 '*S mise nochd tha sunntach,*
  A null dol a sheoladh.

Cuir failt' air mo Ribhinn.

Air fonn :—"*Gur gile mo leannan na 'n eal' air an t-snàmh.*"

Seisd :—

Cuir failte, cuir failte, cuir failte bhuam fein,
Cuir failt, air mo ribhinn á Innseachan cein,
Cuir failt, air a' ghruagach rinn buaireasach mi,
'S bho sheol mi air cuan a rinn gruamach mo chri.'

Nuair b' eigin dhomh seoladh fo ordugh a Chruin,
Gur mi nach robh eibhinn ri treigsinn mo run,
A null gu bhi 'g imeachd do dh-Innseachan cein,
Tha 'n trath so 'g am riasladh le dian-theas na grein.
Seisd :—*Cuir failte, cuir failte, cuir failte bhuam fein, etc.*

Chaidh saighdean a gaoil tre mo thaobh-sa cho teann
'S gu 'n dh-fhas mi ro bhronach, gun sòlas dhomh ann,
Le 'm inntinn cho ciurta le curam us craidh,
A chaoidh gus an tionndaidh mi dh-ionnsuidh mo
    ghraidh.
Seisd :—*Cuir failte, cuir failte, cuir failte bhuam fein, etc.*

Ach 's gearr gus am fag mi gach àit air mo chul,
'S le ceum cridheil, sunntach, gu 'n tionndaidh mi null,
A dh-ionnsuidh na duthcha bu mhuirnich leam riamh,
S a dh-ionnsuidh na h-oighe bu bhoidhche leam
 sgiamh.
Seisd :—*Cuir failte, cuir failte, cuir failte bhuam fein, etc.*

Gu 'n ionnsaich mi Gaidhlig do bhanrigh mo ruin,
'S a chaoidh bidh sinn gradhach ri manran gu ciuin,
Mar smeorach 's an Cheitean gu h-eibhinn ri scinn,
'S gu tric ri cuir orain 'an ordugh gu binn.
Seisd :—

 Cuir failte, cuir failte, cuir failte bhuam fein,
 Cuir fail' air mo ribhinn á Innseachan cein,
 Cuir fail' air a' ghruagach rinn buaireasach mi,
 'S bho sheol mi air cuan a rinn gruamach mo chri.

Failte Bean na Bainnse,

Air fonn ur leis an ughdar fein.

Choisinn mi dhomh-fhein nighean bhoidheach, dhonn,
An ribhinn thar miltean bu bhoidhche leam,
Choisinn mi dhomh-fhein nighean bhoidheach, dhonn;
    Choisinn mi dhomh-fhein
    Nighean bhanal, mhin,
Bu shiobhalta briodal us comhradh rium,
Choisinn mi dhomh-fhein nighean bhoidheach, dhonn.

Cha b' e nighean ghorach a roghnaich mi,
Ach fior nighean bhoidheach a leon mo chri,
Cha b' e nighean ghorach a roghnaich mi ;
    Ach nighean chridheil, chiuin,
    Do 'n d-thug mise run,
Nach caochail 's an uir gus an duinear mi,
Cha b' e nighean ghorach a roghnaich mi.

Nuair a chuir mi cul ri mo ghruagach dhonn,
'S e b' eigin dhomh seoladh muir mhor nan tonn,
Nuair a chuir mi cul ri mo ghruagach dhonn ;
  Nuair a chuir mi cul,
  Shil gu fliuch mo shuil,
Ri fagail mo run-sa cho tursach, trom,
Nuair a chuir mi cul ri mo ghruagach dhonn.

Bha sinn uile deuchainneach, doruinneach,
Ach nis bidh sinn duanagach, dochasach,
Bha sinn uile deuchainneach, doruinneach ;
  Oir thainig mis' thar tuinn,
  Gu posadh m' ainnir ghrinn,
'S a chaoidh bidh sinn aoibhneach, us solasach,
Bha sinn uile deuchainneach, doruinneach.

Choisinn mi dhomh-fhein nighean bhoidheach, dhonn,
An ribhinn thar miltean bu bhoidhche leam,
Choisinn mi dhomh-fhein nighean bhoidheach, dhonn ;
  Choisinn mi dhomh-fhein
  Nighean bhanal, mhin,
Bu shiobhalta briodal us comhradh rium,
Choisinn mi dhomh-fhein nighean bhoidheach, dhonn.

A' Mhaighdean Mhara.

An t-amhran-luaidh a rinn an Sgiobair Sgiobalt do 'n
long mhor a' *Mhaigdean-mhara* nuair a chuir an Leisgean
Liobadach air tir i air Sgeir-mhor Steornabhaigh !

Togam fonn gu sunntach, gleusda,
  Hilùrabha-hò, hilùrabha-hò,
Moladh sgoinn mo mhaighdein bheusaich,
  Hilùrabha-hò, hilùrabha-hò.

Leis 'm bu mhiann leam fhein bhi seoladh,
  Hilùrabha-hò, hilùrabha-hò,
Druim a' chuain gu luaineach, gorach,
  Hilùrabha-hò, hilùrabha-hò.

Marbhaisg air an t-salchair ghrannda,
  Hilùrabha-hò, hilùrabha-hò,
Thilg air tir mo ribhinn mhalda,
  Hilùrabha-hò, hilùrabha-hò.

Gus na bhrist na tuinn an taobh aic',
  Hilùrabha-hò, hilùrabha-hò,
Taobh na maighdein ghrinn bu chaomh leam,
  Hilùrabha-hò, hilùrabha-hò,

S' tric a chuir mi grinn fo bhreid i,
  Hilùrabha-hò, hilùrabha-hò,
'S och, bu sgiamhach iomhaigh m' eudail,
  Hilùrabha-hò, hilùrabha-hò.

Nuair a chuirt' i ceart fo h-aodach,
  Hilùrabha-hò, hilùrabha-hò,
Cha bhiodh m' annsachd mall no slaodach,
  Hilùrabha-hò, hilùrabha hò.

Chite siuil ri bruchdadh boidheach,
  Hilùrabha-hò, hilùrabha-hò,
'S tuinn le cheile leum fo 'n t-sroin aic',
  Hilùrabha-hò, hilùrabha-hò.

Ged bhiodh gaoth gu cruaidh ri seideadh,
  Hilùrabha-hò, hilùrabha-hò,
'S tuinn a' chuain le fuaim ri beucaich,
  Hilùrabha-hò, hilùrabha-hò,

Sheoladh i os ceann gach aon ac',
Hilùrabha-hò, hilùrabha-hò,
Cheart cho aotram fonn ri faolag,
Hilùrabha-hò, hilùrabha-hò.

'S mis an sin bhiodh sunntach, gorach,
Hilùrabha-hò, hilùrabha-hò,
Cumal curs' air stiuir na h-oighe,
Hilùrabha-hò, hilùrabha-hò.

Riamh cha-n fhacas sgraing bho h-aodann,
Hilùrabha-hò, hilùrabha-hò,
Nuair bu ghairge fairge 's faoileach,
Hilùrabha-hò, hilùrabha-hò.

Chite cop nan tonn ag ciridh,
Hilùrabha-hò, hilùrabha-hò,
Cheart go geal ri canach sleibhe,
Hilùrabha-hò, hilùrabha-hò.

Sgapadh i an cuan mu 'n cuairt dhi,
Hilùrabha-hò, hilùrabha-hò,
Sgaoladh thonn a null bho ' guailean,
Hilùrabha-hò, hilùrabha-hò.

Sheoladh i na glinn bu doimhne,
Hilùrabha-hò, hilùrabha-hò,
Gus nach mor gu 'm faicht' na cruinn aic',
Hilùrabha-hò, hilùrabha-hò.

Dh-eireadh i gu bandaidh buadhach,
Hilùrabha-hò, hilùrabha-hò,
Suas gu h-ard air bharr nan stuadhan,
Hilùrabha-hò, hilùrabha-hò.

Nuair bhiodh barr nan crann ri lubadh,
Hilùrabha-hò, hilùrabha-hò,
'S mise, ghaoil, bhiodh aotram, sunntach,
Hilùrabha-hò, hilùrabha-hò.

Cumal suas na siuil ri m' mhaighdean
Hilùrabha-hò, hilùrabha-hò,
'S ise snotach sroin na gaoithe,
Hilùrabha-hò, hilùrabha-hò.

Ged bhiodh marcach-sìne smuideadh,
Hilùrabha-hò, hilùrabha-hò,
Leam bu chaomh mo ghaol bhi stiuradh,
Hilùrabha-hò. hilùrabha-hò.

Cumal cursa nall air fairge,
  Hilùrabha-hò, hilùrabha-hò,
Nall gu fraoch 's gu raointean Albainn,
  Hilùrabha-hò, hilùrabha-hò.

Mas do dh-fhas mi odhar, grannda,
  Hilùrabha-hò, hilùrabha-hò,
Leis gach craidh a dh-fhag mi craiteach,
  Hilùrabha-hò, hilùrabha-hò.

'S ged tha thusa, ghraidh, ri sgreidheadh,
  Hilùrabha-hò, hilùrabha-hò,
'S mis air fas cho fann le eigin,
  Hilùrabha-hò, hilùrabha-hò.

Chaoidh gu 'n sìn iad sios fo 'n ùir mi,
  Hilùrabha-hò, hilùrabha-hò,
Molaidh mi mo mhìn-bhean chliutach,
  Hilùrabha-hò, hilùrabha-hò.

Na Mealltairean.

An t-amhran-luaidh a rinn a' Chailleach Chrubach do na h-Uachdarain Mhosach, air-son iad a bhi deanamh a' Ghaidhealtachd na fasach.

A' CHEUD DHUANAG.

(An seorsa dhaoine bh 'annta.)

Togam fonn gu sunntach, eudmhor,
    Hilù, holù,
Caineadh dluth nam bruidean breuna,
    Hililutharo-hòrò.

'G aoireadh uachdarain na duthcha,
    Hilù, holù,
Dh-fhag an sluagh cho buailte, bruite,
    Hililutharo-hòrò.

Slaightearan nach b'fhiach an t-saothair,
    Hilù, holù,
Mur b'e meud us leud an raointean,
    Hililutharo-hòrò.

Balgairean gun chiall, gun reuson,
    Hilù, holù,
Seidte suas le uaill cho feineil,
    Hililutharo-hòrò.

Mearlaich dhubh gun ghean, gun chaoimhneas,
    Hilù, holù,
Togta suas gun truas le saoibhreas,
    Hililutharo-hòrò.

Co ach iadsan falbh air sraidean,
    Hilù, holù,
Carach, uailleil, suarach, graineil,
    Hililutharo-hòrò.

Thog iad suas an cinn le goraich,
    Hilù, holù,
'S lion an t-ardan barr an sroine,
    Hililutharo-hòrò.

Cha robh annt a riamh ach meirlich,
    Hilù, holù,
Traillean truagh 'an duais an t-Sàtain,
    Hililthuro-hòrò.

Ach ni mise nis an scalltainn,
    Hilù, holù,
Suas do 'n t-sluagh a ruaig's a mheall iad,
    Hililutharo-hòrò.

AN DARA DUANAG.

    (A'milleadh mor a rinn iad)

Ghoid iad fearann le 'n cuid innleachd,
    Hilù, holù,
'S dh-fhas an tir gu fior ro dhiblidh,
    Hililutharo-hòrò.

Lion iad i le feidh us caoraich,
    Hilù, holù,
'S thriall an sluagh thar cuan us caolas,
    Hililutharo-hòrò.

Gus na dh-fhas na cluaintean aluinn,
    Hilù, holù,
Cheart cho cianal lom ri fasach,
    Hililutharo-hòrò.

Mheall iad sluagh le foill us foirneart.
    Hilù, holù,
'S lionadh iad le moit us morchuis,
    Hililutharo-hòrò.

'S iomadh bean a dh-fhag iad craiteach,
      Hilù, holù,
Ruisgte lom, gun fhonn, gun fhardach,
      Hililutharo-hòrò.

Cha do sheall iad iochd no caoimhneas,
      Hilù, holù,
Riamh do 'n truaghan bhochd gun saoibhreas,
      Hililutharo-hòrò.

Dilleachdain cha-n fhaigheadh baigh bhuaibh,
      Hilù, holù,
Ged 'n an luidhe marbh bha 'n cairdean,
      Hililutharo-hòrò.

Glaodh nam bochd cha chual 'ur cluasan,
      Hilù, holù,
'S dhuin sibh iad do chaoidh nan truaghain,
      Hililutharo-hòrò.

Cha bhiodh ciamhag liath bhuaibh sàbhailt,
      Hilù, holù,
Ach ro lionta riamh le tamailt,
      Hililutharo-hòrò.

M

'S lionmhor maighdeanan ro bheusach,
  Hilù, holù,
Dh-fhag sibh ciurt le suilean, deurach,
  Hililutharo-hòrò.

Ri cuir fad air falbh an cairdean,
  Hilù, holù,
'S fleasgaich chaomh thug gaol us gradh dhoibh,
  Hililutharo-hòrò.

'S iomadh balach bochd gun aodach,
  Hilù, holù,
Dh-fhag sibh piullach, peallach, slaodach,
  Hililutharo-hòrò.

Mhill us mheall sibh fòs an duthaich,
  Hilù, holù,
Do 'm bu dual bhi uasal, cliutach,
  Hililutharo-hòrò.

Bhrath sibh 'n tir do laimh luchd seilge,
  Hilù, holù,
'S reic sibh i le innleachd ceilge,
  Hililutharo-hòrò.

Thilg iad thugaibh beagan spruileach,
  Hilù, holù,
'S ghabh sibh duais mar luach bhur duthcha,
  Hililutharo-hòrò.

AN TREAS DUANAG

(An duais a gheibh iad)

Gheibh sibh nis an duais a thoill sibh,
  Hilù, holù,
'S ruaigidh daoine saor fo 'n choill sibh,
  Hililutharo-hòrò.

Leanaidh gul us caoidh nam bantrach,
  Hilù, holù,
Dluth air cul nam bruidean sanntach,
  Hililutharo-hòrò.

Paisdean maoth ri taobh a mathar,
  Hilù, holù,
Leanaidh' mallachd-san gu brath sibh
  Hililutharo-hòrò.

Bodaich crom us caillchean chrubach,
  Hilù holù,
Guidhidh iad-san moran tùrs dhuibh,
  Hililutharo-hòrò.

Cha bhi aon-chuid bean no maighdean,
  Hilù holù,
Nach bidh guidhe bron a chaoidh dhuibh,
  Hililutharo-hòrò.

Bidh gach tigh a dh-fhag sibh fasal,
  Hilù, holù,
Guidhe mallachd bhuan gu bàs dhuibh,
  Hililutharo-hòrò.

Eiridh iad gu leir 'n am fianuis,
  Hilù, holù,
'S ruaigidh iad do dh-Ifrinn sios sibh,
  Hililutharo-hòrò.

Cha dean seamarlain car feum dhuibh,
  Hilù, holù,
Oir ni iad-san triall 'n ur deigh-sa,
  Hililutharo-hòrò.

B'aithne dhomh-s 'an laithean m'oige,
  Hilù, holù,
Brùid bu bhrùideile de 'n t-seorsa,
  Hililutharo-hòrò.

Bha 'na mhallachd mhor 's an duthaich,
    Hilù, holù,
Carach, mealltach, fealltach, lubach,
    Hililutharo-hòrò.

Ach bha 'dheireadh cianal, graineil,
    Hilù, holù,
Ceart mar bhiast 's a chiall air fhagail,
    Hililutharo-hòrò.

Gus na bhasaich e 'na thruaghan,
    Hilù, holù,
Gun fiu aon a ghabhadh truas ris,
    Hililutharo-hòrò.

'S ann mar sin a chaoidh a dh-eireas,
    Hilù, holù,
Bàs ro thruagh mar dhuais luchd eucoir,
    Hililutharo-hòrò.

ENGLISH TRANSLATIONS.

Victoria Maxima.*

(See page 13.)

I.

WE join on this joyful occasion,
  With hearts that are faithful and true,
To greet thee, great Queen of our nation,
  And pledge thee our service anew ;
We've followed, with mingled emotion,
  Thy joys, and thy sorrows and tears,
And loved thee with loyal devotion,
  Throughout the long progress of years.

II.

Thy memory never shall perish,
  So long as the heavens endure,
For all generations shall cherish
  Thy name as unblemished and pure ;
Fond mothers, to soften their slumber,
  Shall sing it to babes at the breast,
And bards in their ballads shall number
  Thy fame as the fairest and best.

* "Victoria Maxima" is one of the poems lately presented to
Her Majesty the Queen, on the occasion of her record-reign Jubilee.

III.

Wherever the breezes are blowing,
  Pursuing their path as they may,
Wherever wild waters are flowing,
  Or wanderers wander astray,
Thy people to-day will be hailing
  Their Queen far away o'er the tide,
And pledging themselves, without failing,
  To honour and serve thee with pride.

IV.

Long years have rolled on in their order
  Since thou wast adorned with the Crown,
And Death, the unsparing recorder,
  Has ruthlessly scored for his own
The fathers that then were delighted
  Thy promising brightness to view,
And died, with their hopes never blighted,
  In aught that was rightful and due.

V.

And we, who succeed them, devoutly
  Repeat their devotion this day,
As loyal of heart, and as stoutly
  Resolved without doubt or dismay;
And so, though our fathers have faded,
  Their sons in their footsteps shall tread,
To serve and protect thee unaided,
  And fight for thy sake in their stead.

VI.

No monarch before thee has guided
  Our fortunes so wisely or long,
And none has so justly presided,
  The right to decide from the wrong ;
No ruler in future can ever
  Thy memory blot from our mind,
Nor from our affections can sever
  The noblest and best of mankind.

VII.

Our Empire has widely extended,
  Beneath thy determining hand,
And slaves have been freed and befriended
  With justice declared in their land ;
Our argosies plough the blue ocean,
  Throughout the remotest of seas,
With speed that out-rivals the motion
  Of even the foam-swelling breeze.

VIII.

Of Science and Art the kind patron,
  They flourish in favour the while,
And bless the beneficent matron,
  That lends them her gracious smile ;
Aware that the handmaid of Science
  Is fairer and lovelier far,
Than all the red rouge of defiance
  That gilds the vain goddess of War.

IX.

But yet we're a doughty dominion,
    When summoned to fight for our Queen,
Prepared to uphold her opinion,
    With blades that are tempered and keen ;
To prove yet again the old story
    Of those who repose in the grave,
And hallow the time-honoured glory
    That rests round the bones of the brave.

X.

We conquer the giants residing
    In Nature's mysterious breast,
With skill overcoming and guiding
    Blind forces to serve our behest ;
With Ariel swiftness they travel
    Across the wide ocean and land,
And secrets reveal and unravel,
    At touch of man's magic command.

XI.

Thy people are varied in races,
    With blendings of various breeds,
Extending through various places,
    And endless confusion of creeds ;
Some worship the Lord, while some others
    Bow down to some woodstock or stone,
Yet all are united like brothers,
    By love of thy Majesty's throne.

XII.

Whatever our jarring dissensions,
  Concerning ourselves or the State,
Whatever our party pretentions,
  Where wind-wordy Members debate ;
To thee we are all, Whig and Tory,
  Devotedly loyal for aye,
And share in thy Majesty's glory,
  On this ever noteworthy day.

XIII.

We greet thee for various reasons
  We need not proceed to relate,
And all through thy sorrowing seasons,
  Have loyally grieved for thy fate ;
We love thee because thou art human,
  However exalted and wise,
Nor less on account of being woman,
  With human attachments and ties.

XIV.

The poor and the humble, bewailing
  The loss of their friends from the hearth,
In thee found a friendship unfailing,
  That suffered the same sort of dearth ;
Bereaved, as a wife and a mother,
  To sorrow again and again,
Thou knowest the woes of another,
  In seasons of trouble and pain.

XV.

Of justice and faith the defender,
  Thy precepts are framed to be just,
That none in the land need surrender
  The creed he may faithfully trust ;
That freedom of thoughts and opinions
  Should count to the downfall of none,
Throughout thine abundant dominions,
  From rise to the set of the sun.

XVI.

And yet the sun always is shining
  On some of thy wide-spread domain,
Arising on parts when declining
  On some left behind in his train ;
And *all* will this day be resounding
  With thousands rejoicing in glee,
In goodwill and homage abounding,
  On this thy renowned Jubilee.

XVII.

And so shall the bonfires be blazing,
  With fiery-forked flames to the sky,
And voices triumphantly raising
  Thy praise to the welkin on high ;
Loud royal salutes without number,
  Shall thunder through mountain and plain,
And Echoes awake from their slumber,
  To join in the wonderful strain.

XVIII.

Oh! many a flag will be flying,
 And many a heart will be gay,
For ocean and land will be vying,
 To shine in their highest array ;
And we on this glad jubilation,
 The greatest the world hath yet seen,
Will pledge, with sincere acclamation,
 The health of our gracious Queen.

XIX.

Long live the delight and the glory
 Of all that is noble and pure,
Long live the renown of thy story,
 So long as the globe will endure ;
We greet thee, great Queen of our nation,
 With hearts ever faithful and true,
And join on this joyful occasion,
 To bless and to praise thee anew!

My Native Shore.

(See page 27.)

My foot is on my native shore,
   Once more by God's benign decree,
And pleasant sure it is once more
   My long-loved native shore to see ;
Though other shores that I have known,
   More fertile fields may justly claim,
Where fairer flowers and fruits are grown,
   Yet still to me they 're not the same,
   But only dull and tame.

A world of wealth could never change
   My fondness for my native land,
Which neither glory could estrange,
   Nor yet misfortune's ruthless hand ;
For meaner passions come and go,
   And, one by one, they cease to please,
While deeper currents gently flow,
   Unchanged by either calm or breeze,
   Yet stronger far than these.

What though the clime be wild and cold,
   Though clouds surround the mountain-side,
What though the snows of Winter fold
   The rugged landscape far and wide ;
Ask of the eagle of the hill
   Would he prefer the lowland plain,
And he would answer loud and shrill,
   Could he the gift of speech obtain,
    In undisguised disdain.

I 've wandered far through south and north,
   And roamed at random east and west,
But yet, 'mong many lands of worth,
   My own dear land I love the best ;
Though true it is that others may
   Be rightly reckoned grand and fine,
Yet still, however grand and gay,
   However bright their beauties shine,
    They 're not to me—like mine !

Let swarthy sons of swarthy lands
   Lie languid under balmy shades,
I envy not their sultry strands,
   Nor love their dusky heathen maids ;
For, by my troth, their murky hue
   Upon my senses soon would pall,
Nor have I seen one fair to view,
   Nor beauty who among them all,
    Could lead my heart in thrall.

N

Give me the bracing mountain breeze,
　And not the fever-stricken plain,
For I abjure the vile disease,
　That saps the life with secret bane ;
Then let them have their sunny clime,
　And pestilence in simple fee,
While I in peace would spend my time,
　Along the heath, with footsteps free,
　Beside the blue lone sea.

Full many a year has passed away,
　Since first I left my native shore,
And dark has since been tinged with gray,
　While many a friend is now no more ;
On every shore beneath the sun,
　Where'er on earth the wild winds blow,
There lies the dust of more than one,
　That I was wont full well to know,
　In days of long ago.

The ocean wild contains the bones
　Of many more than I can tell,
Whose fate has filled with tears and groans
　The hearths and homes they loved so well ;
For not in life's fast-fading eve,
　Were they ordained in peace to die,
But doomed in youth, without reprieve,
　Among the raging waves to lie,
　Through regions far and nigh.

They're gone ; and few are left behind,
  On shores where they were born and bred,
And so I often call to mind
  Soft memories of the bygone dead ;
And tears unbidden sometimes rise,
  As I look back through joy and pain,
And seem to see before my eyes
  Their form and presence, clear and plain,
  Appear in life again.

Ah, yes, they're dead—the scenes alone
  Are all that now remain to me,
And yet I love each rock and stone,
  'Bove all the lands beyond the sea ;
And though I cannot climb the crest,
  Or scale the mountains as of yore,
Yet still I wish them all be blest,
  And hail, with tender love once more,
  My own dear native shore!

The Last of the Gaels

(A dream in India)

Being the Death-Song of a poor old blind Bard.

(See page 33.)

LAND of the ever brave and free,
  Whom foreign foes could ne'er subdue,
Alas, I now can scarcely see
  Your bonnie vales and mountains blue ;
For age and sorrow cloud my gaze,
  And I would fain be dead and gone,
Since gone are those I loved to praise,
  While I am left to wail alone.

How strange the fate that cast thee down,
  Land of the Gael, my native shore!
Is this the land of high renown,
  So famed since ancient days of yore?
Yes, this is Albyn, wrapped in clouds,
  Betrayed, deserted, and forlorn,
Yet grand in death, 'mong mist and clouds,
  That shroud her from the spoiler's scorn.

'Twas not the hands of foreign foes
  That laid thee prostrate in the mire,
For never yet could such oppose
  The onset of thy warlike fire ;
'Twas faithless friends with secret dart,
  By far the basest foes of all,
That rent in twain thy sacred heart,
  And so fulfilled thy woeful fall.

Curst be the cruel country's laws,
  That would betray the sacred soil,
To pamper to the vain applause
  Of sharks that neither spin nor toil ;
But filched the land from those whose right
  It was by every rightful claim,
And still would be, if right were might,
  Or laws were framed with upright aim.

Wake, wake, and call them back again,
  The offspring of the brave and free,
To dwell in peace by stream and plain,
  From lands across the raging sea ;
So shall our country yet take pride
  In sons to stem the tide of war,
As they have often stemmed its tide,
  In distant climes and fields afar.

How sad the sighing breezes blow,
  Across the now forsaken scene !
Nor does the sun itself now glow,
  With all its wonted Summer sheen ;
The very skylark too is mute,
  As if ashamed to soar on high,
While through the wilds both bird and brute
  Seem all to me to droop and sigh.

Last of my race upon the heath,
  Of yore the homes of heroes bold,
What comfort now remains but death,
  Since I am lonely, frail and old !
My scanty locks have grown so gray,
  My soul is sad and eyes are blind,
While friends are dead or far away,
  And I alone am left behind.

Then welcome, death ; it cannot be
  But death is better far than life,
Since it alone can set me free
  From life's long lingering pain and strife ;
For I have nought to live for now,
  Of all that once I loved so dear,
While shame and anguish cloud my brow,
  And none on earth my heart can cheer.

No wonder, then, my soul is sad,
　　No marvel that my heart is sore,
With no one near to make me glad,
　　And nought but sorrow now in store ;
For all the land is ruined waste,
　　Where only dogs and deer abide,
Where voice of swain, or maiden chaste,
　　Ne'er glads the vale or moorland side.

I fain would hear the mountain tongue,
　　As I was wont in bygone days,
But in the fields no more are sung
　　The Highland maiden's artless lays ;
And if the pibroch sounds I hear,
　　From menials in the lordling's train,
They 're funeral marches to my ear,
　　That fill my weary breast with pain.

But, ah, farewell each well-known scene,
　　Farewell each stream and mount and vale,
My eyes are glazed with death's cold screen,
　　And all my senses faint and fail ;
Yet even in my hour of death,
　　Your praises I would fain forthtell,
And seal them with my latest breath,
　　My native land, farewell—farewell !

*   *   *

Thus sang the simple mountain bard,
  Oppressed with life's long weary load,
Then sank upon the greenwood sward,
  And rendered up his soul to God ;
The Pines drooped down their heads to hear
  His last refrain of wail and woe,
And angels wept upon his bier,
  As in the grave they laid him low.

The Skylark.

There are many larks of sorts in the East, which may generally be called mud-larks; for as they never carol and they never soar, they can scarcely be called sky-larks.

(See page 55.)

SWEET bird, thy carol in the sky
   No more enchants my pensive ear,
For ocean's foam, and mountains high,
   And the gray hoar of many a year,
Spread their domain 'tween me and you,
   Yet do I cherish thy sweet lay,
With unabated love and true,
   In sunny lands far far away.

Whilom my footsteps with delight
   Have sought thy bow'r at early dawn,
Oft have I raced with all my might,
   To catch thy young ones on the lawn;
And held them with a gentle squeeze,
   And sang my simple roundelay,
Before I crossed the Tropic seas,
   To sunny lands far far away.

My guiding star, or roving mood,
  Has cast me on a foreign shore,
Where in the fields, or in the wood,
  I hear thy carol never more;
No more on wings do I behold
  Thy poise aloft, so blithe and gay,
Since I have left the haunts of old,
  For sunny lands far far away.

On sunny mangroves may be seen
  Some fairer plumage far than thine,
But thou dost scorn the tinsel sheen,
  That to the eye may brightly shine;
Thine anthem swells the inner heart
  Of rustic youths and sages gray,
And cleaves to them like Cupid's dart,
  In sunny lands far far away.

Lo, here are crowds of tuneless larks,
  Though not the lyric lark of yore,
But birds without the sacred spark,
  That makes the skylark sing and soar;
For they have not the fervent fire,
  To rise above the sordid clay,
But grovel in the mud and mire
  Of sunny lands far far away.

Full oft I 've roamed the fields alone,
  To feed thy brood with dainty fare
Of worms from 'neath some mossy stone,
  And wide their little eyes would stare,
And mouths would gape, while aping thee,
  In gladsome times of verdant May,
Nor thought that I was doomed to be
  In sunny lands far far away.

Thou 'rt more of heaven than of earth,
  With inspiration from on high,
Of earth thy humble toil and birth,
  Thy melodies are of the sky ;
Thou seemest on thy windy car,
  A cherub chosen to convey
Glad tidings to some distant star,
  Or sunny land far far away.

Sweet songster, soar and sing above,
  While gaudy minions shine below,
Thy russet garb and notes of love
  Would cheer me out of depths of woe ;
Curst be the cruel caitiff's hand,
  That would thy simple trust betray,
And let him be for ever banned,
  To sunny lands far far away.

Hail, hail, sweet herald of the morn,
   Methinks I hear thy matin strain,
Ah, no ; 'tis but the bugle horn,
   Resounding o'er the scorching plain ;
Thy home is in the hardy North,
   Whence thou art never wont to stray,
'Tis I forsook the land of worth,
   For sunny lands far far away.

Four Sons were We.

(See page 80.)

FOUR sons were we and brothers true,
   Four brothers true and sons were we,
And year by year in peace we grew,
   Beside the blue lone sounding sea ;
We woke up with the morning lark,
   The rugged rocks and wilds to roam,
And often strayed till twilight dark,
   Recalled the little wanderers home.

We played together day by day,
   Together sang the same sweet song,
And so the seasons passed away,
   As time will pass howe'er so long ;
We listened to the ocean's roar,
   And gazed across its waters blue,
And longed to see each distant shore,
   That rose before our fancy's view.

But toys at last were cast away,
　　To roam the world through far and near ;
And here am I,—but where are they
　　That in my youth I loved so dear?
They all, alas, are dead and gone,
　　Cut down in manhood's early prime,
While I am left to wail alone,
　　And mourn their fate in distant clime.

One rests beneath the silent sod,
　　With ne'er a stone to mark his grave,
Who rendered up his soul to God,
　　In Christ who died his soul to save ;
And much we grieved when he was dead,
　　That we should see his face no more,
For there they made his low-laid bed,
　　Far from his native northern shore.

Intent on distant climes to roam,
　　The others rode the ocean blue,
But where, alas, is now the home
　　Of these young rovers staunch and true?
The wide Atlantic roars and swells
　　Above the grave of one of these,
Whereas the other lowly dwells
　　Beneath the far Pacific seas.

Bowed down with grief, their parents died,
  Who loved them with such tender care,
And thus they slumber side by side,
  This truly fond and faithful pair ;
Their grave is on their native soil,
  Beside the ocean's roaring swell,
For there they ceased from care and toil,
  Bereaved of those they loved so well.

Thus scattered far o'er mount and deep,
  They soundly sleep whom I deplore,
Nor wonder though I sometimes weep,
  Because I ne'er shall see them more ;
For I alone am left behind,
  Of all that kind and loyal band,
And cannot but recall to mind
  Their hapless fate by sea and land.

For life is but a changeful scene,
  And scarcely to be deemed for joy,
With pleasures few and far between,
  'Mong many cares and great annoy ;
But there is life beyond this death,
  And love beyond the grave's dark gloom,
And so I live in hope and faith,
  To meet again beyond the tomb.

General Sir Charles MacGregor's Lament.

(See page 96.)

Note.—"The Viceroy (the Marquis of Dufferin) closed the proceedings in a short speech, remarking that among the many distinguished captains he had known, he could not mention any one, who came nearer in his martial bearing, in his love of his profession, his regard for duty, and his knowledge of the art of war, to one's ideal of a powerful and chivalrous warrior."—*Indian journal commenting on MacGregor's portrait being unveiled at Simla in July* 1888.

He died in Egypt in 1887, at the early age of forty-seven years, the youngest general in the British army, with the single exception of His Royal Highness the Duke of Connaught, after being wounded in battle on seven different occasions ; and he now rests, at his own request, in the old MACGREGOR Country on Loch Katrine-side.

WHO will uphold the old sword of Clan-Gregor,
　And who will do battle and win in their cause?
For cold is their bravest in death's gloomy rigour,
　And gone from the field of achieving applause ;
When battle commenced and the onset was sounded,
　And armies were gathered in warlike array,
'Twas then, my lone hero, thy spirit wild bounded,
　And fearlessly rushed to be first in the fray.

If I were a minstrel to dwell on thy praises,
How free would I sing them to float on the breeze,
And fondly would waft, in appropriate phrases,
Thy glory and daring across the wild seas ;
The face that Apollo might envy in beauty,
Each feature a soldier's straightforward and true,
Alas, a sad victim to hardship and duty,
To sink in the grave when thy days were so few.

The courage that sprang from instinctive emotion,
The heart that ne'er trembled in face of the foe,
The foot that rushed onward with headlong devotion,
Thou cruel cold Death, hast for ever laid low;
Cut off in his prime, like the rose in its blossom,
Before its full fragrance has flavoured the gale,
Thine arrows have pierced through as manly a bosom
As ever drew breath from the mountain and vale.

Clan-Alpine lies wailing in sackcloth and sable,
Their Pine in the forest lies shivered and torn,
For who of their sorrowing sons shall be able
To shine in the field like the hero we mourn ?
The hands that grew strongest when tempests blew
loudest,
The pulse that beat soundest in danger's red field,
Thou pitiless Tomb in thy winding-sheet shroudest,
To handle no more or the sword or the shield.

O

When Britain calls forth her proud soldiers to battle,
  And dark-looming dangers and troubles draw near,
Be 't far from her sons that the war's stirring rattle
  Should ever appeal to a recreant's ear ;
The flag of their fathers in pride flowing o'er them,
  They 'll sternly go forward, a brave gallant corps,
To rival the deeds of the days gone before them,
  The feats in the field of her heroes of yore.

Donald and Mary.

(A tale of love and sorrow.)

(See page 147.)

My love is o'er the roaring main,
   Engaged in foreign war,
And oh, my heart is sad with pain,
Till he comes back to me again,
   Though brown with sun and scar.

My love has got a fearless heart,
   Both kind and true to all,
Which nothing from its aim can thwart,
And well I ween he'll act his part,
   And win or nobly fall.

The blood of heroes in his veins
   Thrills through each kindly throb,
And purpled Honor proudly reigns
Within the chambers of his brains,
   Where none her robes can rob.

His scars (but ah, to think of scars!)
  Will all be on in front,
As onward with the might of Mars,
Through serried ranks and scimitars,
  He leads the battle's brunt.

And when he comes, how happy then
  The country far and wide!
And oh, how happy Mary when
She wanders through the lowly glen,
  With Donald by her side!

On lofty pinions, lightly borne
  The dewy clouds among,
The blithesome lark will sing that morn,
While every bird, in bush and corn,
  The merry notes prolong.

*   *   *   *

Thus sang young Mary of Dalgown,
  In maid's impassioned mood,
What time the sun was sinking down
Behind the heath and bracken brown,
  And Morven's shaggy wood.

Know'st not, poor child, thy hero fell,
  Thy lover is no more?
For who could have the heart to tell,
That Mary said her last farewell
  To Donald of Blenore?

'Twas on a field far far to tread
  From Highland heath and dell,
That thy young lover fought and bled,
As he the brunt of battle led
  To victory—and fell.

Ah, wae is me, for in him died
  The blood of bygone days,
That flourished ere the modern tide
Of mushroom lord's ignoble pride
  Down-trod the good old ways.

His brand was true and stout his steed,
  Now stretched upon the plain;
A cannon ball has checked their speed,
In instant death, the warrior's meed,
  Thy gallant love lies slain.

Nor pain nor anguish suffered he,
    Among the fatal fray,
But died while shouting " Victory,"
And long shall tale and history
    Recount his deeds that day.

" Oh, say not so, it cannot be
    My love is dead and gone,
For if 'tis true that dead is he,
No comfort more remains to me,
    But in the grave alone."

She fell unconscious on the ground,
    As if her soul had fled ;
And senseless both of sight and sound,
She lay in such a trance profound,
    As if already dead.

And when she woke to life again,
    Her days were wail and woe,
For though she never would complain,
She pined away with silent pain,
    And grief she cared not show.

*   *   *   *

A year has passed, a woeful year,
　And Mary weeps the more ;
In vain they came from far and near,
To soothe her heart, her life to cheer,
　For loss of brave Blenore.

But ah, the form that late might vie
　In grace with the gazelle,
Is wasted now, and sunk the eye
That wont to shine so merrily,
　To hear his praises tell.

A hectic flush is on her cheeks,
　And sadness on her brow,
'Tis beauty, but 'tis beauty seeks
Communion with the grave, and speaks
　Of Mary's speechless woe.

But yet while gently ebbed the breath
　Of life upon her tongue,
She still remembered Donald's faith,
His manly heart and early death,
　And thus his praises sung :—

BLENORE'S CORONACH.

Returns not to-morrow the noble and brave,
   Who'd cheer me from anguish and sorrow,
No sister to soothe him, nor Mary to lave
His temples, or weep by the side of his grave;
   Returns not the brave on the morrow—the morrow,
   Returns not the brave on the morrow.

Afar is thy bed in the sun-stricken land,
   Afar from the Pine and the Willow,
Afar from his loved Caledonia's strand,
Sleeps Donald for aye in his mantle of sand,
   Afar over mountain and billow—and billow,
   Afar over mountain and billow.

On Múlla's lone Sound shall no longer thy sail
   Give rise to love's gossip and story,
And lovely Lochaline, in weeping and wail,
Laments for the loss of the youthful and hale,
   Who died in the pride of his glory—his glory,
   Who died in the pride of his glory.

The moor and the mountain are downcast with grief,
   The skylark is silent at present,
Lamenting the fate of the favourite chief,
Whose life was like that of a meteor brief,
   So shining and so evanescent—'vanescent,
   So shining and so evanescent.

How sad are Ardhornish's hoary old walls!
  While round them the breezes are sighing,
And silence is reigning in revelry's halls,
That wont to be sounding with loud festivals,
  Lamenting the hero low lying—low lying,
  Lamenting the hero low lying.

Oh, weep, rugged Morven, for thine was the son,
  Who'd stand for thy welfare in danger,
Ye woods of Lochaline, deep mourning put on,
Lamenting the brave who lies buried and gone,
  Afar in the land of the stranger—the stranger,
  Afar in the land of the stranger.

But, Donald, you *must* come to see me again,
  When I in the grave am low lying,
For Death cannot render affection so vain,
But Love will yet triumph o'er sorrow and pain,
  And flourish and reign without dying—'out dying,
  And flourish and reign without dying.

And if you *do* venture the tempest to brave,
  To visit my lowly laid pillow,
The token to show of your true lover's grave,
A Pine will be seen in the welkin to wave,
  And wrapped round the same the green Willow—
    green Willow,
  And wrapped round the same the green Willow.

     *   *   *   *   *   *

'Tis finished—life at length is past,
  To dust her dust was borne,
And tearful was each eye that cast
Its solemn gaze—alas, the last,
  On Mary's face forlorn.

Yet, truth to tell, a Pine did grow,
  And still on high doth wave,
And lovers pluck its leaves to show
Their constancy, and there they go,
  To pledge it o'er her grave.

Moreover yet, some still declare
  These faithful lovers meet
At dead of night, as if the pair
Had sprung to life from vapid air,
  And there each other greet.

Blenore appears with lifted brand,
  Still mounted on his steed,
Dismounts upon his native strand,
And with his true love, hand in hand,
  Wanders through Morven's mead.

Mary looks wrapped in bridal veil,
  Like angel fair and bright,
Nor longer weeps, as on the gale
She listens to her lover's tale,
  Far through the silent night.

Thus in communion, now and then,
  These mountain lovers roam,
For never yet could poet pen
Blenore's strong passion for his glen,
  And Highland love and home.

The livelong watches thus they rove,
  Until the break of dawn,
When, slowly wending through the grove,
They reach, in converse of sweet love,
  The morning's dewy lawn.

The charger neighs—one kiss, and off
  The warrior rides apace ;
And if you seek some further proof,
You still may see the horse's hoof,
  Imprinted in the place.

Then Mary blinks in sudden style,
   And may be seen no more,
Till on some night, with loving smile,
And face uplifted all the while,
   She waits her brave Blenore.

Ah, who would not then lovers be
   Of this the real kind?
For though, indeed, 'tis hard to see,
Yet Death but sets the spirit free,
   And cannot quench the Mind!

W. H. WHITE & Co. LTD., Riverside Press, Edinburgh.

THROUGH THE BUFFER STATE.

A Record of Recent Travel through Borneo, Siam, and Cambodia.

PRICE 6s.

OPINIONS OF THE PRESS.

'Suffice it to say that the whole narrative is as interesting as it is amusing, and by the time we leave the Surgeon-Major amid the beauties of Darjeeling, we feel like saying good-bye to an old friend.'—*World.*

'Every chapter shows an intimate knowledge and acute appreciation of the countries and peoples through which he passed in his unique journey, and those who wish to acquire something like an accurate knowledge of things as they exist in the Far East should certainly read the book.'—*The Colonies and India.*

'The author, Dr John MacGregor, of the Indian Medical Service, has the good sense to steer clear of politics. He describes, in a genial quick-witted fashion, the places he visited and the people he encountered in the course of his wanderings.'—*Standard.*

'"Through the Buffer State" is a rather full volume of travel, describing the writer's wanderings through Siam, with supplemental accounts of Borneo and Cambodia. The book is worth reading in spite of its uncomfortably small print, and Dr MacGregor's account of the wonderful ruins of Angkor-Wat, though it no longer has the merit of novelty, is of considerable interest.'—*Times.*

'Dr MacGregor does not long wander in the domain of politics, though he wanders in many others, weaving from his journey through the Buffer State a pleasant random narrative which repays perusal.'—*Bombay Gazette.*

'A very interesting and important work on Siam is published by Messrs White & Co. The author, Surgeon-Major MacGregor, is an officer of the Indian Medical Service, who, at various intervals during the last few years, has employed his periodical leave in exploring Eastern countries.'—*Echo.*

'Dr Macgregor writes about what he has seen and done mainly in a waggish vein, hence his book is not only uniformly readable, but here and there extremely amusing.'—*Daily Telegraph.*

'The "Land of the White Elephant" is still to English readers comparatively unknown. Anyone who dips into Dr MacGregor's volume will not only get much information concerning the country and its folk, but will be captivated by the writer's genial narrative, which is almost as readable and absorbing as any work of fiction.'—*Westminster Gazette.*

'He is good-humoured withal, with plenty of sense as well as sound powers of observation, and, as a rule, he uses them to good purpose. His route of travel, described in his latest book, gave him good opportunities of picking up impressions that are both fresh and valuable.'—*Scotsman.*

'The publication of this book comes at a most opportune moment. I have not the space here to follow Surgeon MacGregor in his wanderings into this little known land, even were it desirable to do so, but I feel sure that his more stay-at-home brither Scots will read and value this volume, which is but another proof of the love of adventure, the dash and daring, and the unconquerable determination which knows no check of Scotsmen in general, and more particularly of those who, like the Folks of Peace, were nameless—the Clan of the MacGregors.'—*Northern Figaro.*

'"Through the Buffer State" is a plain narrative of the adventures that Dr MacGregor encountered, and the sights he saw during his wanderings through parts of Borneo and the Trans-Gangetic Peninsula, told with unrivalled vivacity and great good-humour.'—*Mandalay Herald.*

'Surgeon-Major MacGregor has visited parts of Upper Siam which have scarcely been seen by European travellers. His journey was long and adventurous, and was performed without escort or armed precautions of any kind.'—*British Medical Journal.*

' It is refreshing to get away from Africa for a while and to follow Surgeon-Major MacGregor in his rambles through Siam, Borneo, and Cambodia. He writes pleasantly and naturally.'—*Lady's Pictorial.*

' It is a good, straightforward record of a rather difficult but highly interesting journey.'—*Literary World.*

' In its pages the distant lands of Borneo, Siam, and Cambodia are described, the habits and customs of the inhabitants gracefully touched upon, while the Major's own personal experiences, often of the most amusing character, add a piquancy to the volume that makes it doubly interesting.'—*Celtic Monthly.*

' " Through the Buffer State " is anything but a dull book, and the reader who takes it up expecting to find vivid descriptions of Borneo and Siam will not lay it down disappointed.'—*Glasgow Herald.*

' The tour embraced the most interesting provinces of Borneo, Siam, and Cambodia, and the author's genial humour and remarkable powers of observation go far to render the narrative attractive as well as instructive.'—*Scottish Highlander.*

' Some of his descriptions are excellent, and his humour, if of a rather old-fashioned kind, is generally spontaneous and infective. He has an easy wit and overflowing good-nature.'—*Sun.*

' The book has the simple straightforwardness of narration which distinguishes the style of a man who has really travelled from the man who is only putting it on.'—*Star.*

' Dr MacGregor has read much and seen much of the world. He evidently possesses wide general culture in addition to the branches of science more intimately connected with his profession.'—*Northern Chronicle.*

' The style of Dr MacGregor's book is gossipy and humorous, and always bright and readable. We do not notice the lack of accurate observation, and the often irrelevant anecdotes, in the pure enjoyment of the doctor's racy and always good-humoured description.'—*North British Daily Mail.*

' Dr MacGregor's book is written throughout in the free and easy style of a man who is in the enjoyment of high spirits. He even breaks into verse when captivated by the appearance of a " Lady of Laos," who did not, however, cause him to forget his native land, as witness the account of his visit to Angkor-Wat, where the lotus flower flourishes.'—*Graphic.*

' This excellent book has come out at an opportune moment, and will no doubt be read by many both in the West and in the East.'—*Stock Exchange.*

' Dr MacGregor seems to be an ideal traveller, a genial man with well-developed powers of observation, and a capacity for adapting himself to his surroundings ; and the time devoted to reading the narrative of his wanderings, in spite of the loose style and the occasional use of slang, will not be ill spent.'—*Manchester Courier.*

' Information of this character is as a rule only to be procured through the media of dry-as-dust official reports, or drily written records of travel ; but when the reader may enrich his mind in a solid way, through the medium of a pleasantly and humorously written work of travel, it is not surprising that " Through the Buffer State " is making a strong impression in the public eye.'—*European Mail.*

' Keenly observant and appreciative, Dr MacGregor is an admirable guide, and we have read his book with great pleasure and profit.'—*Public Opinion.*

' At the moment when Great Britain and France are busy settling in a friendly spirit their differences over Siam, Surgeon-Major John MacGregor, of the Indian Medical Service, brings out a book of travel full of good things about Borneo, Siam, and Cambodia. Dr MacGregor has apparently been everywhere and seen everything in the Land of the White Elephant.'—*Morning Leader.*

' The book is embellished with numerous excellent illustrations, and also contains a route map of the regions visited. There are few recent records of travel so readable and instructive as this ample and breezy narrative from the pen of a truly genial man and genuine Highlander.'—*North Star.*

' It is unprofitable to say hard things of so genial and good-humoured a writer, who has nothing but kindly banter even for the thief who stole all his money and papers.'—*Pall Mall Gazette.*

TOIL AND TRAVEL.

A PROSE NARRATIVE.

PRICE 16s.

OPINIONS OF THE PRESS.

'The book is brimful of good things in their way, and cannot fail to amuse.'—*Daily Telegraph.*

'It is impossible not to like so genial, sturdy, and quickwitted an observer.'—*Standard.*

'Those who glance at Dr MacGregor's volume will lack neither information nor amusement.'—*Scotsman.*

'Full of spirit and energy, rejoicing in his experiences, and apparently possessing the ideal temperament of a traveller.'—*Bookman.*

'Mr MacGregor is a lively and well-informed companion.'—*National Review.*

'He shows great judgment in skimming over the less interesting parts of his journey, so as to give due prominence to places and incidents of more than usual interest.'—*Bombay Gazette.*

'The book is an unassuming and honest record of hard travel. . . . His remarks on Buddhism will scarcely please the admirers of that fashionable and æsthetic religion. But there is as much sturdy good sense in them as in his condemnation of the Mexican bull-fight, which he had an opportunity of witnessing under the most favourable auspices.'—*Literary World.*

'For our own part, at any rate, we can say that we have spent pleasant hours in reading his book; we hope many another will do the same, and we wish the author good luck in Gharmsala.'—*Manchester Guardian.*

'The Doctor is a bit of an egoist, and rather relishes a dangerous adventure than otherwise; and in his piquant, conversational, albeit loose fashion, he rattles on about the queer outlandish men and places he has seen, till they appear to live before our eyes.'—*Scottish Leader.*

'Writes a very pleasant and chatty account of his trip.'—*Graphic.*

'The author needlessly, as the reader may often think, encounters many dangers and difficulties, but he bears them all pluckily and is the last to grumble at their drawbacks.'—*Dundee Advertiser.*

'They are by no means wanting in interest, and are related in a hearty pleasant manner that makes the reading of them very enjoyable.'—*Glasgow Herald.*

'The letterpress is agreeable enough, often entertaining, and with enough variety of topic to suit all tastes.'—*World.*

'He describes what he saw with directness, simplicity, and clearness, and his impressions have the merit of being honestly formed and faithfully recorded.'—*Globe.*

THE

GIRDLE OF THE GLOBE.

A DESCRIPTIVE POEM IN TEN CANTOS.

PRICE 7s. 6d.

OPINIONS OF THE PRESS.

' We cannot do less than cite a portion of this wonderful modern Odyssey, which, no doubt, will delight others, just as much as it has delighted ourselves. . . . After this, "Childe Harold" must be held as nowhere in the poetical competition of the ages.'—*Public Opinion.*

' There is plenty of entertainment in his rhymes, and no lack of description of the wild and strange.'—*Halifax Courier.*

' I can fearlessly say that the writing of the book must have given the author the greatest possible pleasure, and that our readers will appreciate the merits of this new "Childe Harold."'—*New Zealand Church News.*

' There is so happy a tone running through this extraordinary book, and its humour is so free.'—*Times of India.*

' As a rhyming record of a journey of sixty-five thousand miles, the volume has its own special points of interest.'—*Englishman* (Calcutta).

' There is a sort of vivacious go in his narrative which is rather amusing, and will carry many a reader along with him. He is one of the John Bull order of Britons.'—*Cork Examiner.*

' Nearly a score of pleasant songs are scattered through the book, which is elegantly mounted.'—*News of the World.*

' Mr Mucklemouth finds time to moralise on the mutability of things human in masterly and impressive verse, equal, we think, in its very simplicity of language to anything that has been written on the subject.'—*Mandalay Herald.*

' It imparts information pleasantly.'—*British Journal of Commerce.*

' We have had many descriptions of journeys round the world, written by many pens, but this is, we believe, the first elaborate attempt that has been made to describe the wonders of our terrestrial ball in dashing rhyme.'—*Publishers' Circular.*

' He has a lively fancy and possesses the faculty of giving expression to his thoughts and feelings in vivacious and smooth-flowing verse.'—*Northern Ensign.*

' At length the globe-trotter has his epic. It is hardly possible to glance down a page without a smile and what Sam Slick used to call a snicker.'—*Overland Mail.*

' It is pervaded by a charming air of high spirits and good-fellowship.'—*Scottish Leader.*